白洋情韵

化晓梅 著

民主与建设出版社

·北京·

图书在版编目（CIP）数据

白洋情韵 / 化晓梅著 . —北京：民主与建设出版
社，2021.3
ISBN 978-7-5139-3509-8

Ⅰ. ①白… Ⅱ. ①化… Ⅲ. ①散文集—中国—当代
Ⅳ. ① I267

中国版本图书馆 CIP 数据核字（2021）第 077700 号

白洋情韵
BAIYANG QINGYUN

著　　者	化晓梅
责任编辑	周佩芳
封面设计	陈　姝
出版发行	民主与建设出版社有限责任公司
电　　话	（010）59417747　59419778
社　　址	北京市海淀区西三环中路 10 号望海楼 E 座 7 层
邮　　编	100142
印　　刷	三河市长城印刷有限公司
版　　次	2021 年 7 月第 1 版
印　　次	2021 年 7 月第 1 次印刷
开　　本	710 毫米 ×1000 毫米　　1/16
印　　张	13
字　　数	200 千字
书　　号	ISBN 978-7-5139-3509-8
定　　价	49.80 元

注：如有印、装质量问题，请与出版社联系。

自序

　　喜欢文字，尤其喜欢那些或清新优美，或含蓄隽永，或富含哲理的文字。每每读到，便如沐春风，如饮甘霖，心也为之悸动。所以，闲暇之时，沏一壶香茗，捧一卷在手，于我也算一种享受了。屈指算来，从识字开始，也读了不少书。我钦佩那些名家大师，如余秋雨，文字之于他，如绣女手中的丝线，看似信手拈来，却能幻化成美妙绝伦的锦绣文章。其思想之深刻，知识之渊博，是常人无法企及的。我也羡慕席慕容，她将人类最细腻、最美好的情感，用文字惟妙惟肖地表现出来，直抵读者内心最柔软的地方。每次读席慕容，我的眼睛总是潮湿的。就这样，我阅读着，欣赏着……

　　说来也许与文字有缘，我平生从事的第一个职业是教师。当我把深奥的理论用生动形象的语言写成教案，并条分缕析地讲出来时，我赢得了许多钦慕的眼神。这就是文字和语言的魅力。改行后，仍然离不开文字，要写总结，写报告，写调研文章。但这些似乎有一个固定的模式，有专用的术语，不能随心所欲。

至于用文学的语言表达自己内心的感受，则是父亲去世后。父亲一生实在是坎坷多难，当日子好起来后，他老人家又溘然长逝。陷入巨大哀思中的我无法排解内心的感伤，于是拿起笔，写出一篇悼念父亲的文章：穿越沧桑笑一生。不知是因为再没有非写不可的东西，还是感觉力不从心语言贫乏的缘故，从那儿以后相当长一段时间，我没有写什么。

　　当因特网风靡全球时，我也开始学着上网。但我对网络游戏不感兴趣，只是看论坛、听音乐，或到朗诵房间读文章。后来，一个作家朋友把他的新浪博客地址发给我。在欣赏他优美文字的同时，我也替自己申请了一个博客。于是，我开始写一些心情文字。我把自己或伤感、或愉悦、或平淡的心情诉诸笔端，写在博客上，并作为人生美的积淀留存在心里。后来看到上级单位电子刊物《宣传思想工作动态》和《青年工作动态》里都有文学类栏目，就把存储在博客上的文章发给这些栏目。原以为不会引起人们的关注，然而，许多熟悉或不熟悉的朋友见面后对我说：经常在内网读你的文字，很喜欢。这对我是莫大的鼓舞，也是我坚持写作的原动力。

　　2017 年 4 月 1 日，中央决定设立河北雄安新区，新区规划范围涉及雄县、容城、安新三县及周边部分区域。之后，安新县作协组织了"雄安作家看雄安"活动，足迹遍及雄安新区的每一片土地。对家乡这块热土的挚爱，对雄安新区未来的憧憬，又给予我写作的热情。就这样，一路写来，竟有百余篇了。我想，自己虽然没有名家大师的生花妙笔，写不出灿如牡丹的千古佳作，但即使是无名小花，只要能绽放一缕清香，消解一怀红尘焦虑，芬芳一丝读者心绪，也是值得为之付出努力的。

化晓梅

二〇一九年十月一日

目　录

第一辑　淀水悠悠

白洋情韵

　　白洋淀，我的故乡。或许因为太熟悉了，我竟不知如何把你描述。传说你是嫦娥梳妆的宝镜，掉了、碎了，撒了一地，幻化成这碧波荡漾的百里仙境。而我觉得，你更像少女的眸子，汪汪地、静静地看着过往的游人。那份纯洁，那份真诚常常使我怦然心动。有如静夜里捧读席慕容的爱情诗，一种温馨甜蜜的感觉在心中荡漾、升腾……

　　喜欢在细雨霏霏的夏日，划一叶扁舟，漂浮在你微澜的碧波上。酷热被细雨湮灭，微风拂来，凉凉的、柔柔的，如儿时母亲轻摇的蒲扇。芦苇晃动着发出沙沙声，像恋人的窃窃私语，又似梵婀玲名曲，舒缓而轻盈。每当这个时候，我会情不自禁地搜罗记忆中所有的诗句，轻轻把你吟咏。

　　喜欢穿一袭花裙，走在你微颤的浮桥上，顺手采摘一枝荷叶做伞，高高地举过头顶，然后与朋友嬉戏着，轻盈地在荷花丛中穿过。而你正像一个娴静的贵妇，优雅地微笑着。那含苞的蓓蕾该是你娇羞的面庞，那舒展的花瓣定是你舞动的霓裳。难怪金章宗宠妃李师儿会流连忘返，与你常相为伴。

喜欢在烈日炎炎中，乘一艘快艇，在你奔腾的水面疾驶。迎面的船只激起浪花，打湿了我的衣裙，打湿了我烦躁的心。风呼啸着，浪翻滚着，刹那间，飞扬的快感代替了盛夏的炎热，心不再烦躁，烈日也显得温和可爱了。

喜欢在假日里，走进渔家，与渔家女一起织网编席，然后吃着鲜美的渔家饭，听老奶奶讲一个西淀神女的故事。那淳朴的乡音让我回忆起遥远的童年，感叹"水流花谢两无情"。

喜欢爬上荷花大观园人工堆积的土山，坐在山顶那棵枝叶繁茂的大树下，俯瞰你的远景：满淀的芦苇伸展着，倾诉着无边无际的绿。那芦荡中的条条水道，闪动着粼粼波光，一行白鸥悠然从空中滑过。"寒波淡淡起，白鸟悠悠下。"我又疑你是那舞剑的侠客，绿衣翩翩，剑光闪闪。是人间还是仙境？我已分不清了。

我常常被你无边的绿包围，被你无尽的静谧环绕，似梦非梦，似醒非醒。"沧浪曲罢人何处，恰好同游便是仙。"我在心底呼唤我远方的友人，渴盼他与我一起分享你无边的绿色，你诗样的情怀，你诱人的美丽。啊，白洋，我的故乡，我的恋人，我喜欢你弹奏的悠悠情韵。

水流潺潺话古村
——走进王家寨

　　春天的白洋淀，芦苇摇动着嫩绿的枝叶，和风习习，水面微澜。在这样一个清爽宜人的上午，我和一群被称作雄安作家的好朋友，乘坐三艘游轮，到达地处白洋淀中心的水村——王家寨。

　　伴随着广场舞优美的旋律，走过岸边镌刻着"淀中翡翠"的巨石，我们走进了王家寨。由于四面环水，机动车辆不能抵达这里。没有汽车鸣笛声的街巷，显得很幽静。穿行在王家寨的老街上，一种悠远的古韵扑面而来：微风中缓缓行走的老人，用原始工具截苇的邻家大嫂，树荫里觅食的母鸡，阳光下眯着眼睛蹲坐着的小猫，一切都那么静谧安详。仿佛只有那黛青色的石板路，狭窄的棋盘式街道，夹杂在青砖碧瓦中的老式木门和斑驳院墙，在诉说着她曾经的沧桑。

　　王家寨拥有悠久的历史和厚重的文化。据说，她始于汉代，繁荣于清代。宋辽对抗时，王家寨作为宋军的一所水寨，在抗辽战争中发挥了屏障和堡垒作用。清康熙年间，这里的佛教文化繁荣起来。当时村中建有 13 座庙宇，其中以镇隆寺为最大。也正因为"镇隆寺"的寺名犯了乾隆的讳，使得乾隆的行宫与王家寨失之交臂，建在了不远处的郭里口村。抗日战争时，雁翎队三小队在这一带痛打日本包运船，全歼伪河防大队。这些故事随着时间的流逝和季节的更替，被一页页翻开，带着深沉的力量感动激励着生活在这个水寨的村民们。我站在一堵青砖砌成的古老影壁前，抚摸着她斑驳的印痕，想象着她曾经的刀光剑影，鼓角争鸣，心中陡然升起一股英雄的豪迈之气。

从王家寨老街出来，我们乘船到了望月岛和观荷台，这是王家寨的一所别院。与老街相比，同样的清幽，同样的静谧，却处处呈现着时尚因素和浪漫气息：装饰豪华的游轮，悠然飘舞的垂柳，整齐划一的新瓦房，挂满绿萝的小巷、手挽手走着的恋人，还有操着普通话忙里忙外招揽游客的老板娘。

世代居住在王家寨的村民，主要是以捕捞和编织苇席为生。他们日出而作日落而息，过着田园诗般的生活。王家寨的村民无疑是勤劳智慧的，改革开放后，他们不再满足于这种慢节奏的生活，除了走南闯北做生意外，还在家乡开发了这片风景区，冠名"旅游民俗村"，引来大批天南地北的游客。不仅将自己的腰包赚得满满的，也为都市人旅游休闲提供了好去处。看惯了钢筋水泥车水马龙的人们，在这"世外桃源"，听水流潺潺，闻荷香阵阵，然后乘着小木船捕几条鱼，采几枝荷，吃上几顿渔家饭。这是难得的享受。

我们沿着望月岛周边的小路走了一圈，然后踏上通往观荷台的木桥。桥长长的，曲曲折折；桥下的水很清澈，能看到水草和游动的鱼儿；几朵莲漂浮在水面上。于是淡雅中便有了几分明丽，这使我想起马致远的"小桥流水人家"，但这儿绝没有"古道西风瘦马"的萧索，只有人面荷花相映红的温馨。诗人芦花格格一直走在我身旁，身材窈窕的她款款而行，裙裾飘动，宛若人在画中游。

我从观荷台返回时，大家已聚集在望月岛东侧的凉亭上。凉亭是纯天然材料（木料和芦苇）建成的，和周边的环境浑然一体。亭子很大，足够容纳我们一行五六十人。暖阳斜照入亭，微风携带着芦苇的清香而来。在凉亭之上，吃着地道的渔家饭，品着"淀尚珍品"赞助的荷叶茶，听三位老先生讲述王家寨的传说。天上有白鸥飞过，水下有鱼群游弋；远望是碧绿的苇海，近听笑语盈盈。那一刻我脱口而出：不虚此行！也明白了王迦梁局长为何每每提起故乡王家寨，总是神采飞扬。

　　就要离开了，在游轮启动的瞬间，我不禁回眸凝望。只见那漂浮于碧波之上，掩映于绿柳丛中的小岛有一种别样的美。这使我想起刚才座谈时，致力于白洋淀文化研究和保护的冬子李先生说的一句话：我把每一次凝望当成最后一次凝望；把每一次告别当成最后一次告别。言语中隐含着他对文化古寨的深深爱恋以及对古寨能否存留的忧虑。而我则坚信：无论沧海桑田，王家寨的未来一定更美好。

天地雄魂
——走进雄州昝岗

我随雄安作家文化游团队到达雄县的昝岗镇。参观了黑陶展览馆、陈子正故居、昝东文化广场、正在建设中的高铁站，与昝岗镇领导进行了座谈。之后，觉得应该写点什么。不久前去北京小住，帮女儿料理家务、看孩子，写作的事搁置下来。当然这只是为自己的懒惰找点理由。从北京返回后，我点开作协群，进入雄安文学公众号。浏览一篇篇美文佳作，犹如走进了文化的百花园。姿态各异的花草争奇斗艳，芳香四溢，令人迷醉。我叹服众文友的生花妙笔，将昝岗之行描写得淋漓尽致。顿觉再写再叙难避东施效颦画蛇添足之嫌。然而，昝岗之行毕竟给了我诸多感触，所以，还是提起笔，算是对各位作品的一点补充，也是对自己内心的一个交代。

陈子正故居坐落在昝岗镇李林庄中心十字路口的一角。较之普通民居，多了一个练舞的场地，显得面积较大。但房屋院墙很普通，即使在当时，也算不上豪宅。如果不是看了门前的石碑，绝想不到陈子正就是从这里出发，走向上海精武馆、走向圣约翰大学，走向香港，黑龙江以及东南亚，最早将武术课带入学校，并击败英国拳术名家、美国大力士、英国大力士，获"中国拳王"美称。更想不到的是，一个身怀绝技的习武之人还能提笔著述。他著有《拳术要义》《鹰手拳艺书》《鹰爪连拳五十路》《行拳十路》《论拳法十篇》等书，堪称武学经典。陈子正死于1933年，当时的社会名流李宗仁、白崇禧等百余人寄来挽联。黑龙江省教育厅厅长、著名爱国人士王寅卿亲书：全国著名武术家、武术教育家、武术技击家、鹰手拳创始人和首传人、国术大师陈子正先生流芳千古。

看到陈子正的照片，并非想象中的虎背熊腰。俊朗的面庞流露出儒雅的气质，更像一个斯文之人。这对于爱好文字的我们，便有了一种特殊的亲切。我想，什么样的人方能赢得如此殊荣和这么多的关注？陈子正一定是个有故事的人。他的为人、他的思想、他的情感，包括他绝世的武艺有待后人去了解，去挖掘。陕西作家水菱不远千里来到雄安，走访明朝贤臣杨继盛的十五代孙，写下了《长河悲歌》。陈子正离世不足百年，故居又近在咫尺，鹰爪拳的传承人也住在李林庄。相比之下，其生平事迹更易获悉。何不写一部长篇——《天地雄魂》，为这飘忽于天地之间的英魂著书立说，让他的精神光耀后世。可惜我没有如椽巨笔，但愿雄安三县的作家中有堪当此任之人。

走进黑陶展览馆西展厅，首先带给我的是视觉冲击。一时间"典雅、精致、绚丽、华美"等形容词跃入脑海，但这些都不足以形容雄州黑陶带给我的惊艳。我偏爱黑色，黑色是神秘的色彩，是包容一切的色彩。且不论雄州黑陶高超的技艺，仅仅在黑色的陶体上绘出色彩斑斓的图案，已是美艳绝伦了。黑陶摆放在设计精美的博古架上，更显尊贵古朴。我禁不住拿出手机拍下它美丽的妆容，并与之合影留念。经黑陶传承人刘小伟的介绍，我们了解了黑陶文化的发展历程。黑陶已有七千年的历史，由于青铜器的出现失传四千多年。现经几代学者几十年的不懈努力，终于将黑陶的制作工艺完全破译，并在传统技艺的基础上，不断创新，从而使黑陶这一远古的艺术获得辉煌的新生。

东展厅里的陶品，则是从民间搜集的古老黑陶。相形之下，显得粗糙简陋了许多。但仔细想想：这些闪耀着祖先智慧的荣光，延续着历史记忆的黑陶，从远古走来，历经夏商周的风雨，飞越大秦的峰峦，走进汉代的宫殿，跨过唐宋明清的栈道，一直走到今天，何其珍贵！这样想着，觉得这些古老的黑陶霎时美丽起来，生动起来。越品越觉得其隽永，越看越觉得其深邃。与此同时，心中油然涌起对展馆创办人深深的敬意。

到过大大小小许多文化广场，一般分布在县级以上的城市。拥有文化广场的村镇，确属凤毛麟角。昝岗镇昝东村就有一个，命名为"昝东风采党建主题公园"，而且做出了特色，引得十里八乡的农友来这里参观学习、休闲锻炼。最吸引我的是广场的展牌。展牌沿着石板路一字排开，十九块展牌分别记录着从党的"一大"到"十九大"召开的时间、地点、重点内容。沿着石板路边走边读，相当于浏览了《党史》的简要读本。另一侧的展牌则记录着昝东村经济、政治、文化方面取得的成绩，概括为务实党风、经济雄风、淳朴民风、和谐家风、文化新风。小小展牌昭示着昝东的富庶、文明、进步，也镌刻着他们的梦想、追求和奋斗的历程。铭记历史，才能珍惜当今，这或许就是昝东广场的创意所在。

临近中午，我们走进昝岗镇政府会议室，见到了这一方水土的"父母官"——镇党委书记刘振岭和镇长李宏景。刘书记看上去很年轻，但谈起昝岗的前世今生如数家珍。他侃侃而谈，言语中流露出干练和睿智。他说昝岗有今天，一个重要原因是因为有一种精神。为了更准确更客观地表述昝岗精神，镇党委通过网络征求到一千多条意见。刘书记和有关人员仔细研读了每一条意见，并多次召开会议筛选出几十条，后经过专家学者和班子成员反复推敲，确定昝岗精神表述为"崇文尚武，敢闯善成，忠诚担当，开放包容"。我们仅仅从这征集过程就能看出，"追求完美、追求极致"已深入昝岗人的骨髓，这也是他们走向成功的一个原因。刘书记对团结协作的重要性认识尤为深刻。他说昝岗要构建团结和谐的"恒久蜜月期"领导团队，并找人画了一幅鸳鸯图。他指了一下李镇长说，一只象征他，一只象征我自己。他们要以画为镜时刻提醒自己。我不知道这种比喻是否贴切，但被他严肃又不失风趣的表述深深感染，不禁对坐在身旁的县作协主席阿民耳语：人心齐泰山移，古有"将相和"，今有昝岗镇。阿民微笑着点头。

走出会议室，已是正午。阳光暖暖的，感觉身心舒爽。我站在昝岗街头，心想：若干年前，昝岗只是一个普通的北方小镇，或许正是因为一个人、一个广场、一种精神，使她有了非凡的气度。时至现在，一个前所未有的机遇摆在昝岗人面前。在建设雄安新区的滚滚洪流中，昝岗还会展示出怎样的精彩？我感谢这次活动的组织者，让我来到了昝岗，使我看到了她的今天，了解了她的过去，还将见证她的未来。

白洋淀中金疙瘩
——走访邵庄子

2020 年 7 月 25 日，接到高中同学田爱民的电话：他承包的白洋淀邵庄子村提升改造工程即将竣工，邀请我和几位朋友观光游览。

邵庄子地处安新县东北边界，与雄县接壤，是个四面环水的小村庄。祖祖辈辈居住在这里的人出行都凭借舟楫，直到十几年前修了一条通往外界的小路。像这样的水区村在白洋淀有几十个，其中大半我是比较熟悉的。或许相对偏远的缘故，邵庄子却是第一次去，故习惯性地上网查了一下她的方位。恰巧搜到无人机拍摄的图片：从空中俯瞰，通往邵庄子的小路窄窄地若隐若现，犹如一条长长的丝线，而小路尽头的邵庄子村就像丝线连接的风筝。小村周围蓝绿相间，色彩柔和而协调，氤氲着生命的灵气。

翌日清晨，细雨蒙蒙，我们一行五人乘车出发。在邵庄子长大的金克新同学担任司机和向导，我们都很安心。公路还算平坦，只是临近目的地时路变得狭窄起来，会车时需小心通过。联想起网上的图片，猜出这便是无人机拍到的那条丝线了。约一小时我们到达了村头的农家酒店，老田和邵庄子本土的金常松、邵恩树同学已经等在那里。寒暄过后，金常松开着自家的机动船带我们去淀中游玩。

天公作美，雨停了，太阳却没有出来。船行风起，炎炎盛夏，清爽如秋。小船行驶在弯弯曲曲的水路上，两边的芦苇和我们擦肩而过。同行的女同学爱格和月领哼起宋祖英那首《十八弯水路到我家》——"哥你把船儿向西划，十八弯的水路到我的家哟，哥你在船头唱渔歌呀，把那小船藏在那石桥下。"小船驶进荷塘，速度慢下来，可以看到小鱼儿在水草丛中嬉戏游动。如此清澈的水，近些年很少见到，只存在于童年的记忆里。不知道是因为季节尚早，还是有人采摘过，荷花不多，但成片的荷叶绿意盎然。月领和爱格都穿着红色的衣裙，在荷叶映衬下，显得更加明丽。我赞叹道，"接天莲叶无穷碧，映日荷花别样红"，你俩就是两朵红荷。大家拍手而笑！金克新、刘小强两位同学不约而同拿出手机，一个拍照，一个录像，将这美好的情景定格为永恒。水流潺潺，欢声笑语，人间天上，物我两忘。我心想：陶渊明的"世外桃源"也不过如此吧！

返回岸边的时候，远远看到等在码头的田爱民。老田是一个有故事的人。他高中毕业后参军，转业后在建设银行安新支行当了几年办公室主任。后来辞去建行稳定安逸的工作，回到故乡北田庄（也是白洋淀的一个水区村）担任书记、主任，一干就是十几年。如今年近花甲又下海干起了房地产。最让人佩服的是他这股永不服输的精气神。今年他承包完成了一个建设项目，名为"邵庄子提升整治一期工程"，即对村西北的内湖湖岸环境进行清理。新建步行木栈道、景观桥、观景亭，整体改造为湿地公园。经过几个月连续工作，项目即将竣工。这也是我们此行的目的地。建造木栈道和景观桥（实际上就是水上长廊）的原材料都是厚厚的实木，走在上面感觉坚固安全。不一会儿，下起了小雨。丝丝缕缕，轻柔绵软，透着一股清凉，携着一缕润泽。烟雨笼罩中的小桥流水、绿苇碧荷、亭台楼榭构成了一幅优美的画卷,让人不禁惊叹设计者和建设者的匠心巧手。我和两位女同学支开雨伞在蜿蜒迂回的长廊上款款而行,感觉就像走在江南小镇,又仿佛走在戴望舒诗中的雨巷里,一种诗意的美感如桥下的湖水般荡漾着,飘散在每个人的心里。

走进观景亭,大家稍作休息。老田向我们谈起项目建设过程中遇到的种种趣事和难题。他戏称邵庄子的四股势力为四大门派。项目开始,举步维艰。经过多方协调和斡旋,几股势力最终都成为支持他工作的力量。他一挥手像是在总结发言:"是雄安新区建设的大局让大家达成了共识!"一丝不易察觉的自信和自豪从他笑眯眯的眼睛中流露出来。

其实,在邵庄子村,不止老田这一个项目,还有其他项目早就悄然进行。雄安新区2019年启动的白洋淀农村污水、垃圾、厕所等环境问题一体化综合系统治理项目已投入运营。北京首创等3家国内水环境治理先进单位负责项目的投资建设和运营管理。污水处理站建设是环境一体化综合治理的核心。就在木栈道附近,邵庄子污水处理站已建成并投入使用。污水处理引入了生态处理体系:经过处理后的污水汇入生长着水葱、菖蒲、千屈菜等白洋淀常见水生植物的水池,这些植物的根系进一步吸附处理后的水中污染物,经过植物的净化,再流入另一个水池。我们看到水池清澈见底,红色的锦鲤在其中徜徉。这些中水还可以用来浇花、除尘,冲厕所,在村子里就实现了循环利用。以往污水直排入淀的问题得以彻底解决。至此,我知道了白洋淀水质日渐清澈的缘由。

回到农家酒店,老田为我们准备了一桌丰盛的农家菜,其中十几斤的大鲤鱼和恩树同学亲自捕捞的小龙虾让我们大快朵颐。美景美食都让人留恋,邵庄子本土的同学也热情挽留,然而客不走主不安。金克新看出我们依依惜别的心绪,又开车沿着村边小路绕行一周。小路干净整洁,看不到生活垃圾。这是一体化综合治理的成果。路边民居多为二层小楼,平房不多见。一方面说明邵庄子是比较富庶的,另一方面也反映出小村宅基地的紧缺。村民要在有限的宅基地上改善居住条件，只能向空中发展。村子实在有点小，感觉周长不足两公里。不知邵庄子的先祖因何选择这样一个四面环水、远离陆地的小小岛屿定居。是躲避战乱？逃避熙攘？还是看中了这一湖的绿苇红荷、鱼虾蟹蚌？据县志载：小村始建于明代后期，金氏一族首先迁至此处，取村名"金家疙瘩"。后又有王姓、邵姓两族迁移至此。几经历史变迁，朝代更迭，邵氏家族逐步兴旺起来，后来就更名为邵庄子。

金家疙瘩？去掉一个字就是"金疙瘩"。这村名好，如黄金一样珍贵的风水宝地！我在想，随着白洋淀生态恢复治理工程的全面落实，随着雄安新区建设蓝图的徐徐展开，像邵庄子这样的众多水中村和水边村都会变成白洋淀的金疙瘩！

四合院与红楼情结

我出生在白洋淀畔的一个小村庄，村里有一套四合院，那算得上全村最标准的一套四合院。院里有北房五间，南房三间，东西房各两间。大门在南边，门洞的侧面还有一间。二十世纪六七十年代，这个小小的四合院里住了六户人家，三十一口人。东边的两间就是我家，说是两间，其实还不到三十平方米，我就出生在这里。我们一家在这儿度过了十几个春秋。

村里的老人讲，这院子原来是属于曾祖父兄弟俩的。从中间分开，兄弟两个各占房屋院子的一半。祖父早逝，父亲去北京求学。卢沟桥事变后，又远走他乡当兵抗日，兵荒马乱杳无音信，曾祖父只好随其本家的两个侄子生活。曾祖父去世后，两个侄子和侄媳妇发丧了他。据说当时曾祖父的丧事办得很排场，这房子就抵作发丧费归了两个侄子（我爷爷的堂兄弟）。后来我父母回到故乡时，我家已是房无一间，地无一垄了。父母起先住在小学校里，后来借住了这院子里的两间东房。经过几年的省吃俭用积攒了 300 元钱，买下了这房子。

这房子冬冷夏热。冬天，即使生上煤火，我们的小手也照样被冻肿；夏季的晚上，母亲只好不停地给我们打蒲扇，甚至睡着了手也在动。那时我心想，什么时候我们家也能住上北房呢？可家里很贫穷，房子是根本盖不起的。直到我十二岁时，我家才用自留地和一个老乡交换了一块宅基地，在河边盖了两间房子。

一个六户人家的院子，要做到相安无事，其实很不容易。今天你家的鸡吃了他家的米，后天他家搬芦苇时又把你家晾的衣服弄到地上了。这样的事情时有发生，几家之间也就免不了口角。可记忆中，母亲从来没有为这些鸡毛蒜皮的小事和人吵嘴。记得一次我因为一条皮筋和邻居的孩子吵架，妈妈动手打了我。母亲是很少打孩子的，所以那次给我留下了深刻的印象，并一直影响了我成年后为人处世的态度。母亲经常说的一句话是：吃亏常在。母亲不固执、不狭隘，把邻里关系处理得很恰当。我想，这除了缘于丰富的人生阅历，主要因为她有一颗真诚善良的心。

老屋的四合院成了我们十几个孩子的乐园，我们经常玩跳皮筋、弹球、踢毽，有时还捉迷藏。一天晚上，我们正玩捉迷藏，同院的女孩从大门外哭着跑回来，说在村东的篱笆墙边看到了一个黑乎乎的东西，头好大，一定是大头鬼。因为平时潜移默化地接受了妈妈"无神论"的教育，我比同龄人显得胆大。我拉她领我去看，她踟蹰着不敢去。我说她骗人，她只好硬着头皮，拉着我的衣角，跟在我身后去了。到了近处，只见树梢上飘着一块塑料布，月光把塑料布的影子投到不远处的篱笆上。微风吹来，影子就来回晃动，还真像一个大头鬼。原来是一场虚惊。

当时，农村识字的人很少，乡亲们经常找妈妈写信读信，或者裁衣服。如此，我家的房子成了小院里最热闹的一间。我很小就认识村里很多人，也从妈妈那里学到许多待人接物的礼节。几岁的时候，我就知道给客人让座、沏茶。走向社会后，家住农村的同学有时找我陪他们去办事。无论是见重要领导或机关要员，我都欣然前往，从来没有过畏怯的心理，这或许得益于小时候的经历吧。

村里的几个下乡知青，喜欢来我家串门。当时爸爸被打成右派，正在村里接受劳动改造。爸爸妈妈避开政治不谈，所以他们来我家谈得最多的是文学。他们谈福楼拜、雨果和巴尔扎克，也谈矛盾、巴金和老舍。但我印象最深的还是他们对《红楼梦》的评价。妈妈说，《红楼梦》真是博大精深，每次读都有收获。后来不知道姐姐从哪里弄来一部新版《红楼梦》。我囫囵吞枣地读着，有的字不认识，有些话和诗词也看不懂，可我硬是把四本书读完了。妈妈再谈这个话题的时候，我就会边听边思考。我终于弄明白了荣宁两府众多主子仆人之间的关系。我被书中宝黛的真挚爱情感动，也从贾府错综复杂的人际关系中读懂了世态炎凉、人情冷暖，从而造就了我在人生旅途中淡泊名利、与世无争的性格，培养了我对文学的兴趣。上小学时，我就能背诵《好了歌》《好了歌解》《金陵十二钗正册》《金陵十二钗副册》以及书中主人公吟咏的海棠诗和菊花诗了。我对历史上的政治纷争，一直不感兴趣。直到现在，我没有读过一遍完整的《三国演义》，每次都是看到一半就放下了。可见，热爱是最好的老师。

小时候觉得那院子好大。父亲去世后，埋在了家乡的祖坟上。当我再次来到儿时的院子时，发现它是那么狭小，院子里的空地也不过 100 平方米。现在只有本家叔父老两口住在那里。其余几家已经搬出四合院，住上宽敞明亮的新瓦房了。

站在院子里，我不禁问自己，这就是储存我儿时全部欢乐和苦涩的小院吗？然而，我确实是在这里，完成了自己全部的启蒙教育。我感谢母亲！

秋访白洋淀

时常陪友人去白洋淀赏荷，那五颜六色，姿态各异的荷花是游人的最爱。来自四面八方的游客脸上挂着灿烂的笑容，他们驻舟荷花前，或览荷姿，或闻荷香，或拍下荷的倩影，期冀将一份美好化为永恒。

我出生在白洋淀，这个时候，我会默默地看着游人，也看着荷花，心中油然升起一种自豪和惬意。然而，花无百日红，荷花凋谢的时候，一种淡淡的伤感会袭上心头。或许正是这个原因，秋日里我是无心观赏白洋淀的。今日的友人是报社的，与文人墨客同游，自然多了一份雅兴。在他们频频的询问中，我细观初秋的白洋淀，领略了秋日里她别样的风采。

初秋的风带了凉意扑面而来，使人感到神清气爽。满淀的芦花吐露着芬芳，高高的芦茎如亭亭的舞女，墨绿的芦叶恰似飞扬的裙裾。她们在秋风中摇曳着舞蹈着，渲染着一种生命的活力。荡舟其间，就像徜徉在茂密的大森林里，只不过在水流潺潺中，更觉润泽和灵秀。一叶扁舟从对面划来。舟中坐着一个女子。一柄花伞，一枝荷花，衬托着她姣好的面容。于是,《诗经》里"蒹葭苍苍,白露为霜。所谓伊人,在水一方"的句子便跃然于我的脑海了。

这幽静而神秘的环境,最能引起人的追忆和遐思。芦苇的密度很大,枪弹都不能射入。抗战时期,白洋淀芦苇荡成了水区人民抗击敌人的天然屏障。雁翎队曾在这里消灭过鬼子的船队;每次鬼子扫荡,水区群众也是藏在芦苇荡中,躲过了一次次劫难。沉浸在这样的回忆中,我对秋日的白洋淀有了几分敬意。

芦苇和荷花是白洋淀的两大景观,到白洋淀是必定要赏荷的。说话间,我们的船停在了荷花大观园的入口。走进园子,只见大片的荷花已脱去艳丽的外衣,只有零星的几朵固守在枝头,彰显着最后的精彩。荷叶的边际开始泛黄,如中年女子鬓角出现了几缕白发。我因荷花的凋谢而感伤,茫然地将目光移向远方。此刻,我惊讶地发现:远远看去,这墨绿的满塘荷叶有一种别样的美丽。那是一种深邃的美,比起"小荷才露尖尖角"的嫩绿,显得厚重和成熟。身边的张记者操着浑厚的男中音说,我把这荷塘好有一比:徐娘半老,风韵犹存。

听着他幽默风趣的话语,我笑了。是啊,虽然荷花已飘零,但她毕竟灿烂过。如今伫立在荷塘边,依稀可以想象她当初的风姿,而她也将继续展示自己成熟的魅力。这样想着,我的心情也变得灿烂而明媚了。返回岸边的路上,我享受着淀里清新的空气,和客人快乐地交谈着,竟然淡漠了人到中年的感伤和苦恼。我想,我不会再拒绝秋天的白洋淀,我还会来拜访秋日的荷塘。

燕南赵北三台城

与三台结缘在 20 世纪 90 年代初期。我调到县人民银行不久,上级单位下达一项工作任务,即对全县货币回笼投放情况进行调研。作为执笔人,我随调查组走访了县里几个支柱行业,包括大张庄的羽绒、老河头的有色金属冶炼、大王的服装以及三台的制鞋业等。那天,单位仅有的一辆车被派去调款,我们的代步工具是自行车。时值盛夏,出发时还万里无云,可行至三台境内,突然下起了不大不小的雨。等办完事返回时,雨虽然停了,但路已经泥泞不堪了。走在坑洼不平的街道上,鞋子、裤腿上都沾满了泥,自行车轮胎和挡泥板之间的缝隙被搅和着柴草的泥土塞得满满的,动弹不得。我们只能搬着自行车前行,人骑车变成了车骑人。同事小冯脚下一滑摔了个"嘴啃泥",那狼狈相至今想起仍哑然失笑。

当时三台的制鞋业尚处起步阶段,都是手工作坊,质量不高,规模不大,以现金交易为主,主要体现为货币回笼。而老河头冶金的交易额一般通过汇兑,体现为货币投放。或许由于当时全县制鞋业交易额远远赶不上冶金业,两相抵消后,安新县货币纯投放量雄踞保定辖区榜首。

因此我们的调研题目确定为《安新县货币大量投放的原因探析》。报告写出后得到上级单位充分肯定，被推荐发表在《河北金融》。

进入 21 世纪后，在冶金等行业因环保问题趋于萎缩的形势下，三台的制鞋业却异军突起，蓬蓬勃勃发展起来。几乎家家有制鞋厂，据 2017 年的资料记载，当时已有制鞋企业 3000 余家，年产鞋近 5 亿双，成规模的企业近 300 家。不仅解决了当地大批劳动力就业问题，也吸纳了大量外地务工人员。三台人摒弃了"礼拜鞋"，不仅注重质量，而且讲究时尚美观。他们摸索出一套规范化的管理模式，形成了先进的企业文化。他们注册了自己的品牌，创出了名牌。产品驰名中国，远销国外。三台成为华北地区最大的鞋业基地，被誉为"北方鞋都"。"南温州，北三台"形象地诠释了三台制鞋业的繁荣。至此，三台人彻底颠覆了一分钱也要分两半花的穷酸相。他们慷慨解囊：修路、建园、盖办公楼、重建净业禅寺、布置销售直播室。三台再也不会让我们遭遇 30 年前的尴尬。三台人被冠名"大款""大咖"，成了有钱的象征。

这是在此之前我认识的三台，和"鞋"联系在一起，是一个经济层面的三台。而今当我随着"雄安作家看雄安"文化游团队再次来到三台，又初步了解了她的历史、她的文化，并引发了我对三台经济繁荣之深层原因的探索和思考。。

三台的历史可谓悠久。早在遥远的春秋战国之时，燕赵边界之地，南易水河畔，燕国的子民修建了三座台城，取名黄金台、招贤台、点将台。因此谓之"三台"。燕国在这里招贤纳士，厉兵秣马。我站在净业禅寺东侧的战国遗址上，一幅苍凉悲壮的画卷在眼前展开——在距离三台五公里的秋风台，旌旗猎猎，剑戟林立，舞动的剑光和铸剑的炉火交相辉映，荆轲将那把锋利无比、寒光闪闪的短剑藏于图中，与燕太子丹诀别而去。

"燕赵自古多慷慨悲歌之士"，而这众多英雄侠士的斧钺剑戟，来自世间的工匠之手。如此推理，燕南赵北的三台不仅是兵家必争之地，也是能工巧匠聚集之所。

三台是文化憩息之处。元代大儒刘因，祖籍容城沟市，却选择在三台办学授课。他设立学塾，传道解惑，著书立说。45 岁的生命，有 25 年在三台的静修书院度过。儒家之道，以"仁"贯之。三台淳朴的民风吸引了刘因，刘因的"仁"又深深影响着这一方水土。如此良性循环，对三台健康、和谐、宁静的人文环境的形成无疑会起到催化作用。

三台历史上佛教非常繁荣。城内建有儒学文庙、玉皇庙、文昌庙、三义庙、真武庙、圣母宫，观音堂、药王庙等 72 座庙宇。其中的净业禅寺占地 103 亩，每到农历初一和十五，香客云集，烟火鼎盛，蔚为壮观。佛教讲究以"慈悲为怀"，我一直认为，佛教的"慈"和儒家的"仁"，其教化作用有异曲同工之妙。

三台是一个具有移民血统的乡镇。多年的战乱，三台城损毁严重，人员大减。明永乐年间大批人员从山西洪洞县迁徙而来。为了纪念遥远的故乡，他们把聚集地取名山西村，这就是三台镇山西村村名的由来。不难想到，这些和晋商有着同样血统的先民会带给三台什么？我想，除了他们故乡的生产经验，还会有机智灵敏、厚德载物的经营方式和经营理念。

三台今日的辉煌，当然主要归功于国家的改革开放政策，但除此之外，一定还有其自身历史的文化的原因：祖先高超的手工技艺，山西人的经营之道，以及良好的人文环境等，被他们运用得炉火纯青，成为推动经济发展的有利因素。以上分析未免牵强，一鳞半爪，一孔之见，恐贻笑大方。然而，三台确确实实富起来了，而富起来的三台人，更加重视文化，这是不争的事实。关于文化的重要性，座谈时县文旅局王迦梁局长说，一个有文化的人，能口吐莲花，就像冬子李和阿民（我县作协的两任主席）；一个没有文化的人，只能口吐白沫。在捧腹大笑之余，不得不佩服王局的哲思妙想、幽默风趣。是的，一个人不能没有文化，一个村镇、一座城池、一个民族乃至一个国家如果没有文化，就没有了灵魂。三台人对此感悟颇深，走进三台，随处都能感受到文化元素：保护完好的五印明塔、净业禅寺里小和尚博古通今的解说、大北头办公楼墙壁展板上的"五种精神"、鑫亿隆制鞋公司楼梯台阶上镌刻的"顾客反馈勤分析，品质改善有主意"，等等，让人目不暇接。

自中央宣布设立雄安新区后，因为传统制造产业已经不符合新区的发展要求。雄安新区未来的主导产业将围绕生物制药、电子科技、高端制造、互联网＋、现代服务业等高新技术产业建设。所以，现在三台大部分制鞋企业已停工。有文化的三台人从大局出发，自觉承受转型时期带来的阵痛。经过多方考察和论证，许多企业准备迁往石家庄高邑县，他们要在高邑县建立零污染特色制鞋小镇，取名新三台鞋业小镇。三台人将在那里继续砥砺前行。

据三台镇党委书记章殿栋透露，他们正在紧锣密鼓地筹建"时光鞋影展览馆"，那该是一个"鞋文化"的海洋。他们要保住三台的根，留住三台的魂。想象一下：各种各样的鞋子摆放在博古架上，有的精致，有的粗犷；有的古朴，有的时尚；有的庄重，有的灵巧。每双鞋都有一段历史，都有一个故事。这些不同时期不同品牌的鞋子，会直观形象地展示出三台鞋业走过的历程。这是一件多么美好且有意义的事情呀！我们期待着。

在大北头村公园的一块展牌上，我发现了三台镇"五清三建一改"作战图，实际上就是三台的规划图，是新区规划的一部分。上面竟标志着大大小小 16 个公园。可见雄安新区的设立又为三台带来了一股祥瑞之气。我想，未来的三台会是一个经济、文化、环境平衡发展的魅力之城。愿脚踩祥云、口吐莲花的三台站得更高、走得更远。

白洋淀的七彩飘带

　　我是一个崇尚自然的人。我去过北戴河开满白百合的滨海小路，走过海南岛飘着椰香的柏油路，也曾在青岛的"八大关"徜徉。我幻想过许多次：在我的家乡，也有一条小路。小路旁有草地丛林，有亭台楼阁，有小桥流水，曲曲折折地通向远方。春末夏初，微风习习，我会约上三五好友，或在小路上款款而行，或错落地坐在凉亭内，一杯香茗，一本杂志，在缤纷的花雨中，在袅袅的茶香中，悠闲地品读着。那该是陶渊明笔下桃花源里的生活场景了。

　　前几年，县城北部大渠沟两岸修了步行路，沟岸上白杨树枝叶繁茂，浓荫蔽日，给夏季散步的人带来一股清爽的凉意。终于有了一条没有车辆的相对安全的路，好不惬意。然而，步行路是笔直的，路旁只有白杨树，所以显得单调乏味，缺少了诗意。加之雾霾经常光顾，路上的空气是凝重而沉闷的，看不到蓝天和白云。

　　流年似水，不经意间，雄安新区安新县城变了模样：建设大街、永安大街、南大街、北大街、育才路、雁翎路、旅游路都整修一新，平坦如镜；投资六千多万元的百谷春芽便民市场落成并交付使用，解决了摊点占道的问题，通往县医院的大道因此畅通无阻，就医的居民再也不会因交通阻隔而焦灼不安；街道两边的银杏树拔地而起；安新、容城交界处的地标性建筑巍然屹立；还有大大小小的街头景观和街边绿植仿佛一下子从世外桃源移植而来，散布在安新的大街小巷，气韵汪洋，美不胜收。

最吸引我的是两条通向白洋淀码头的步游路，她们在安新县城北部，旅游路两侧。据说是给时间充裕又不愿乘坐大巴的游客步行准备的。路面被漆成了红绿黄蓝紫等多种颜色，命名为"七彩飘带"。心想，女娲炼五色石补天，雄安人用七色铺路，岂非天人合一？小路曲曲折折的，从高速引线三台路口一直延伸到白洋淀码头。沿途可见多处"云亭"和景观桥。云亭底部是洁净的白沙，顶部也是白色，造型一层一层的，错落有致，仿佛飘浮于树梢之上的朵朵白云。景观桥是铁制的，让人感觉新奇。每隔百米左右安放一个长凳，凳长四五十米，可同时供多人休息。这样的长凳我第一次看到，不知是什么材料制成的。另外，沿途的彩灯很抢眼：展翅欲飞的蝴蝶灯，憨态可掬的松鼠灯，挂在树梢的鸟窝灯，插在地上的球状灯，等等。若在夜晚，定是五光十色，美轮美奂，恍若童话世界。拐弯处发现了一块做工精致的展牌，刻写着"不是所有的梦都来得及实现，不是所有的话都来得及告诉你。内疚和悔恨，总要深深地种植在离别后的心中……"记起这是席慕容的《送别》，简短的诗句恰如一泓悠然而来的清流，给小路注入了文化元素。路的两侧是大片的树木，树干上都挂着标牌。施工人员说，那是树的身份证明。我有些好奇，扫了一下牌子上的二维码，手机屏幕上竟显示出树的名称、科属、编号，以及分属的项目等。一路走来，感觉路旁的树一大片一大片地不断变换模样，或高或矮，或粗或细，或华盖如云，或枝条遒劲。不知是孤陋寡闻，还是因为时值冬季，我根本无法辨认她们，便一路扫去，竟然有沙枣、银杏、海棠、金叶榆、悬铃木、千头椿、七叶树等几十个品种。想起唐代诗人的"曲径通幽处，禅房花木深"。我在心里问自己，这是多年来我魂牵梦绕的小路吗？是的，一定是的，甚至比我梦想的还要好许多，好过北戴河，好过青岛，好过海南岛……我知道，这样的路在未来的雄安不止三两条，还会有很多很多。

抚摸着那一棵棵在寒风中摇曳的小树，想象着来年的春夏，这些树就该发芽、吐翠、开花了，那该是什么样的情景呢？游人或流连于七彩小路，或憩息于云亭之内，放眼望去，是一簇簇，一层层，如云锦般的花朵，或嫣红，或淡紫，或浅粉，偶尔还会跳出一抹杏黄或乳白，流光溢彩，美妙绝伦。那时，一定会有人惊叹，这是国画大师也点染不出的绝妙丹青！然而，等他们走到小路尽头，一抬头看见雄阔的白洋淀码头、水波微澜的宽广水域，以及满眼的碧苇红荷，就会忽然明白，他们刚刚走过的路只不过是通往白洋淀的一个长廊、一条曲径，是一幅浓墨重彩画轴的开端，是一台经典大戏的序幕。如果把旅游路和她连接着的白洋淀比作一束巨大的花，这曲曲折折色彩斑斓的辅路恰似两条舞动着的飘带。更华美更精彩的还在前面。想到这里，我被规划设计人员的匠心深深感动了。

当然，感动我的不仅仅是设计人员，还有为赶工期日夜劳作的筑路工人，一丝不苟督导检查的公务人员，冒着寒风在筑路工地指挥交通的警察，和那些运筹帷幄的决策者、指挥员。

那天清晨，我看到几十个穿着黄色马甲的筑路工人蹲在路边吃盒饭，饭菜的热气遇冷顷刻化为白雾袅袅地飘散着。为了抢时间，他们竟然连吃饭都就地解决了。我问其中的一个，冷吗？小伙子腼腆地回答，还好，干起活来就不冷了。这朴实的言语诠释的是一颗火热的心呀！正是像他这样的许许多多建设者，成就了雄安的今天和未来。

从小路返回时，见邻居穿粉红色羽绒服的小姑娘仰着头在看什么，神色是那么专注，以致我走到她面前都没被发现。我好奇地顺着她目光的方向望去：大朵大朵的白云飘浮于蓝天之上，像棉絮，像羊群，像厚厚的松软的雪花，更像一幅淡雅的水墨画。

第二辑　亲情依依

生命是一树繁花
——记我的母亲

　　我珍存着妈妈 20 世纪 50 年代末的一张照片，相纸有点发黄了。好友看着照片低语：一张照片就是一个时代的记录啊！他用电脑给照片设计了美丽的背景，并说背景隐含四个层次：遥想花季；快乐时光；历经坎坷；深深爱着。我佩服好友敏锐的思维，短短 16 个字，浓缩了妈妈走过的人生历程。再看照片，背景与主画面浑然一体，素雅中带有一种朦胧的、梦幻般的美，令人遐思，使人追忆……

一、遥想花季

　　少女亭亭玉立的身姿，欲语含羞的娇态，犹如含苞待放的花蕾，所以，人们把少女时期喻为人生的花季。听舅母讲，少女时期的妈妈是貌美如花的，只可惜生不逢时。妈妈出生在郑州市一个书香门第，外祖父熟读四书五经，并有一手好书法。妈妈九岁时，外祖父不幸离开人世。

又过了几年，我的两个舅舅也英年早逝，留下妈妈和外祖母相依为命。由于生活拮据，妈妈读到初一，不得不辍学在家，和外祖母一起替人缝洗衣服，以维持生计。这对学习成绩优异又充满理想的妈妈来说，无疑是一个重大的打击。

妈妈十九岁时，经人介绍，结识了爸爸。妈妈有着高挑的身材、明亮美丽的眼睛和姣好的面庞。加之良好的家庭教育，濡养了高雅脱俗的气质，使她举手投足间透着大家闺秀的矜持和洒脱。爸爸刚从黄埔军校毕业，也是一表人才。两人一见倾心，结为连理。

婚后，妈妈随爸爸转战南北，吃了不少苦头。常常是接到命令，不管白天黑夜，打起行李就出发。穿行在枪林弹雨中，生命每时每刻都受到威胁。多年以后，妈妈忆起往事，仍心有余悸。后来爸爸在一次对日作战中左臂负伤，妈妈将未满周岁的孩子交给姥姥照管，四处求医问药。经朋友推荐，妈妈辗转找到一个留美的医学博士，求这位大夫为爸爸做了手术。谁料姥姥在这个时候也患上了重病。她老人家心疼自己的女儿，进而隐瞒了病痛，错过了治疗的最佳时机，一年后溘然长逝。这在妈妈心里留下了巨大的伤痛，至今提起依然伤心不已。

妈妈就这样度过了她人生的花季，没有花前月下的浪漫，甚至连一片和平的天空都没有。

二、快乐时光

中华人民共和国成立后，按照当时的政策规定，爸爸回到家乡。妈妈追随爸爸而来，在爸爸出生的村子当了一名小学教师。20 世纪 50 年代初期，农村有文化的人很少，妈妈的到来，给小村注入了生机和活力。乡亲们奔走相告，说村里来了漂亮的女教师，还是咱村的媳妇呢。妈妈不负众望，以加倍的努力回报乡亲们的热情。她犹如一台永不停歇的机器，不知疲倦地投入到工作中。

小学校有四个年级，只有妈妈一个教员。妈妈身兼二职，是教师也是校长。她把三、四年级合成一个班，一、二年级合成一个班。这叫复式班。教这样的班，要科学安排时间。给一个年级讲课时，就让另一个年级做练习。学生是听课与练习交叉进行，而老师却要不停地讲。这样妈妈每天至少要站八个小时，上午给三、四年级上课，下午给一、二年级上课，备课只能在晚上了。那时妈妈已经有了三个孩子，爸爸在二十里外的县一中教书。因为是水路，来去很不方便。家庭的重担几乎落在妈妈一人身上。晚上备完课，她还得给孩子做衣服做鞋子，常常忙到夜间十二点以后。新中国成立初期，村里经常组织活动，如排练文娱节目、党团活动等。村委会很信任妈妈，这些活动都请妈妈组织。除此以外，妈妈还承担了全村村民的扫盲任务。尽管很辛苦，但妈妈觉得充实而快乐。她教的初小毕业班成绩在全公社一直雄踞榜首，妈妈的公开教学得到教育局领导的高度赞扬，她成了全县闻名遐迩的优秀教师。

工作着是美丽的。这段时间是妈妈最快乐的时光，也是她生命中真正意义上的花季。

三、历经坎坷

妈妈的人生历程，犹如崎岖险要的山路，布满荆棘。

1958 年冬季的一个午后，跟随爸爸上学的大姐突然回来。一见妈妈，眼泪扑簌簌掉下来。妈妈心里一沉，预感灾难发生了。姐姐说，爸爸被打成右派，夜里不知道被送到什么地方了。妈妈心如刀绞，却异常冷静。她擦干眼泪，把三个孩子托付给善良、朴实的邻居大嫂。给爸爸准备了棉衣和日常用品，找到爸爸平时要好的同事，托他们四处打听爸爸的下落。然后，一个人踏上了探望亲人的征程。她乘坐公共汽车，在颠簸摇晃中行驶了十几个小时。下车后，妈妈顶着寒风，又走了一天一夜的山路，才到达偏僻的劳改农场。

一队队"犯人"被押送着去劳动。他们从妈妈身边走过，其中有戴眼镜的知识分子，也有年轻漂亮的姑娘，但没有丈夫的踪影。妈妈焦急地寻找着，期待着。一直到晚上，才被允许和爸爸见面，并有看守在场。相见的那一刻，他们"执手相看泪眼，竟无语凝噎。"

探视的时间很快到了，妈妈把仅有的二十元钱给爸爸留下，转身离去。爸爸展开钞票，露出一个小纸条。上面有妈妈娟秀的字迹：要坚强，要活着，为了孩子，为了我们的爱。爸爸后来告诉我，那个纸条陪伴他度过了两年的劳改生活，给了他活下去的勇气。

福无双至，祸不单行。妈妈探望爸爸回来，被中心校的一个副校长叫去。他让妈妈辞职，理由是：根红苗壮的人多了，不缺一个右派家属做老师。

回到家里，妈妈看着睡梦中的三个孩子，想着远方的丈夫，欲哭无泪。没有了工资，怎么养活孩子。她思来想去，毅然把写好的辞职书撕成碎片。中心校郭全槐校长念及妈妈的教学业绩和工作态度，力主让妈妈留了下来，并差点受到牵连。妈妈多次提起这位善良淳厚的老人，春节还让我和弟弟去看望他。妈妈说：滴水之恩，当涌泉相报，何况老校长是我们的救命恩人啊。

两年的劳改生活结束后，爸爸回到家乡，干起了农活。但厄运并没有结束。在以阶级斗争为纲的年代，全家人如履薄冰。妈妈以她的睿智审视现实，小心地行走在生活的夹缝中。她总是嘱咐三个姐姐，在外边要少说话，多干活，不要给爸爸惹麻烦。

有一件事我记忆犹新：20世纪70年代初期，村里来了上山下乡的知青，他们喜欢来我家串门。他们和妈妈谈文学、谈艺术、谈历史。我的许多课外知识是那时听来的。但他们谈论政治时，妈妈只是微笑着，一言不发。并嘱咐我们，不要插话。在那个年代，这或许是最好的自我保护方式。

妈妈以她的智慧、坚毅和柔情为我们营造了一片宁静的港湾，把落到爸爸身上的灾难减少到了最低程度。

四、深深爱着

记得有人说过：生命是一树繁花，它注定要接受命运的洗礼，那其中，必定有阳光、有风雨、有寒雪，甚至有冰雹，但这一切必然要承担，那是我们必然要走过的路程。而妈妈却能微笑着承担，并把爱传递给亲人、友人和周围的人，这真的是生命里最高的境界。

妈妈深爱自己的丈夫。当年为免受株连，家庭解体，夫妻反目的并不鲜见。可妈妈始终不离不弃，陪伴丈夫走过了艰难的二十年。其中的点点滴滴是笔墨无法描绘的。

妈妈爱自己的学生。解放初期的农村很贫穷，一个学期一元钱的学费，就有好多孩子交不起。加上家长对孩子的学习不太重视，许多孩子因此辍学。妈妈就挨家挨户做工作，替他们交学费，把辍学的孩子一个个叫回学校。

记得我上高中时，一个约四十岁的军人来到我们家，进门就给妈妈敬了一个标准的军礼！还含泪说，很想叫老师一声妈妈。原来，这是妈妈早年的学生，他小时候失去母亲，生活很艰苦，几次辍学，都是妈妈把他叫回学校，并替她交了小学的全部学费。

妈妈对乡亲们很友善，虽身处逆境，还帮助比自己生活困难的乡亲。我们全家节衣缩食，可如果哪家缺钱短粮了，妈妈就会尽全力给予帮助。妈妈说，人到难处帮一把，这是做人的根本。妈妈心灵手巧，裁的衣服合身且时尚，乡亲们都来找妈妈帮忙。我估计，妈妈义务为乡亲裁衣服不止千百件。

妈妈善良、正直的品格，温和、宽容的处世态度，赢得了乡亲们的爱戴。村里无论男女老少，都称她为老师，而她的名字却鲜为人知了。前不久我陪妈妈回家乡，乡亲们像见到了久别的亲人，几十个人簇拥着妈妈，争着拉她到自己家。走时，大家给的土特产塞满了车。他们和妈妈依依惜别，并目送我们走出视线的尽头。那场景，让我感动得流泪。乡亲们以最隆重的仪式，拥抱了把青春和心血献给这片土地的妈妈。

妈妈有四个女儿，一个儿子，我是四女儿。我们都是妈妈的至爱。小的时候，妈妈就是再苦再累，也会让我们吃上热的饭菜，穿得整整齐齐。我考学走的那年，妈妈送我到村口，并写诗赠我。其拳拳之心，殷殷爱意，仍历历在目。我工作后，每周六回家，妈妈都去路口等我。如果回家晚了，妈妈会焦急地打听过往行人，生怕我在路上有什么闪失。现如今，我们都成家立业了，也有了一份稳定的收入，很想用自己的方式报答孝敬妈妈。可她从来不肯要我们的钱，好不容易给了她，妈妈又想方设法还给了我们。买东西给她，总是招来妈妈的唠叨。她说，以后事情多呢，孩子升学、出国都需要钱啊，我自己的钱够花了。其实妈妈每月的工资只有几百元，比我少一半。

妈妈是一个做事执着、思维敏捷、举事魄力的女子。所以，无论遇到什么事情，我们姐弟几个都喜欢征求妈妈的意见。我们的婚姻、职业选择都得益于母亲的建议。我时常想，如果不受爸爸的牵连，凭妈妈的才华和能力，一定会很有作为。如今，妈妈已两鬓染霜，但依然关心着我们，依然操着我们几家的心。

由于所处历史环境的原因，爸爸妈妈都很低调。他们以一颗卑微的心对待生活，得意时不张扬，失意时不绝望。他们对晚年的生活感到满足。遗憾的是，爸爸因患癌症于1999年离开了人世。

生活的磨难使妈妈格外珍惜今天的生活，心灵上没有了重压，她感觉幸福和甜蜜。妈妈丝毫没有衰老的迹象，仍然风采奕奕。我的同学都喜欢和妈妈聊天，每次来我这里，都执意去看妈妈。还说，一直羡慕你有一位优雅而慈爱的母亲。前不久我的几位同学去看妈妈，和妈妈谈起京剧。什么程派、张派、梅派啊，谈得开心极了。回来他们对我说：老人家真有气质，思维还那么敏捷。

这就是我妈妈，一位饱经沧桑，仍然对生活充满信心的人；一个被生活刺痛，仍然无私奉献着爱的人。她犹如一树繁花，虽饱经风霜雨雪，仍将美绽放于枝头。

穿越沧桑笑一生
——怀念我的父亲

1999年4月21日，爸爸怀着对美好生活的留恋，永远地离开了我们。在爸爸去世的两三天里，许多人来到他老人家的灵前，以各自习惯的方式表达对一位古稀老人的哀思。

爸爸自幼失去父母，以外祖母织席为生。十四岁考入保定一中。爸爸的学习成绩非常好，各科都遥遥领先。但因家境贫寒，第二年便交不出学费和生活费。几位老师不忍心看着心爱的学生辍学，便每月从各自工资中挤出几元钱，一直资助他上完中学。中学毕业后，爸爸报考了北京师范大学。师范类的大学是不收或少收学费的，所以爸爸得以顺利入学。在北师大求学期间，卢沟桥事变发生了。国难当头，爸爸和几个进步同学不愿做亡国奴，连夜南下抗日。先在黄埔军校就读，后来在一次对日战斗中左臂负伤。中华人民共和国成立后，遵照当时的政策，爸爸回到故乡。经端村中心校杨策校长推荐，教育局批准爸爸在端村中心校任教。两个星期后，安新县政府常务副县长刘端富（爸爸的恩师）得知爸爸返乡的消息。他喜出望外，犹如伯乐发现了千里马，一纸公文把爸爸调到了安新中学。从此，爸爸开始了他辉煌的教学生涯。谁料天有不测风云，六年后，"反右"的政治风暴席卷全国，爸爸所在的安新中学，竟"丰收"了十六个右派。爸爸偶尔的一句幽默，也成了"右派"言论，立马和结论了的历史问题挂钩。直到"四人帮"垮台后，爸爸的冤案才得以平反昭雪。

二十年啊，其中的酸甜苦辣是难以描述的。五十年代，爸爸是家乡有名的数学教师，培养了许多优秀人才。他的学生不止一次地对我说：老师的课讲得如何生动，如何精彩，等等。他的学生郝勤（大学讲师）在信中说："您那整洁的外表，幽默的语言，正直的性格，对学生循循善诱之微妙，都给我留下了深刻的印象。"正当爸爸踌躇满志地在讲台上大展才华时，一夜之间，爸爸竟成了"右派"，被关押，被下放劳动。而后，又是没完没了地写检查、被批斗。爸爸默默地忍受着这一切，很少说话，仿佛心中是一潭平静的水。"文化大革命"开始后，妈妈和三个姐姐就像得了恐惧症，一听到喇叭响，就胆战心惊，唯恐又有什么不测落到爸爸身上。这时，爸爸就平静地说："别担心，这样的日子会过去的，我们会好起来的。"我当时以为，爸爸的这些话，只不过是美好的幻想而已。然而，随着"四人帮"的垮台，爸爸的话终于变成了现实。我从心底里佩服他那种临危难犹乐观的精神。在一本日记的扉页上，他工工整整地抄写着普希金的一句话："假如生活欺骗了你，不要悲伤，不要心急，阴郁的日子要镇静！相信吧，那愉快的日子即将来临。"爸爸就是这样用微笑面对落在身上的不公正待遇，以博大的胸怀度过了二十年艰难的日子，这是何等可贵呀！无怪乎李春华女士（保定日报特约记者，爸爸的学生）这样写道："三十年后，这位穿越沧桑的老人，微笑依然，健矍依然，卷曲的银发使他的斯文有加，如刀的岁月竟没有在他的脸上留下可怕的伤痕。"

平反后，爸爸第一次开怀地笑了！他说：现在，我除了为伟大的"四化"贡献自己的余年，唯愿以往的苦难生涯再也不要回来，特别希望我们的第三代再也不要经历我们的坎坷。爸爸恢复工作后，先后在马村初中部、安新一中、安新四中任教。爸爸以极大的热情投入到教学工作中。在马村初中部任教期间，他一人兼任数学、外语两门学科，晚上还要辅导教师学业务。爸爸博学多才，文理科俱佳，直到六十八岁高龄才退休。他说：六十岁不算老，要多活几年，多做些事。他还用英语写道：I only regret that I have but one life to lose for my country.（我唯一感到遗憾的是我仅有一次生命可以献给祖国）。"步履食眠俱不差，何须细细计年华。无端感伤畴昔事，老圃殷勤灌百花。"爸爸用小楷体把这首诗写在笔记本上并做了批注。这正是当时爸爸的生活写照。

退休后，爸爸把自己的理想寄托在自己儿女身上。我在整理爸爸退休后的几大本日记时发现，上面的大量篇幅是写我们的。我们成长中的每一件小事他都记录在册；我们每取得一个微小的进步，他都感到无比欣慰。对于我的职业选择，他表示出极大的支持。他经常同我探讨教学规律，切磋讲课艺术。他说，作为教师必须具备三种精神：爱护新苗的园丁精神，举贤荐才的伯乐精神，甘当"人梯"的献身精神。这语重心长的话语成了我十年教学生涯中修身立命的准则。爸爸希望我们事业有成，也希望我们家庭和睦。他曾给弟弟、弟妹写过一封长达十几页的家书，提出了夫妻之间应做到的"十六个多和少"。信中谈道：所谓永恒的爱是从红颜到白发，从花开到花残。家庭中丈夫与妻子，父母与子女间的关系都应该是平等互助的关系。要相互理解，相互尊重，相互关心，要时刻检查自己的言行是否伤害了家人，要多看对方的长处。夫妻之间的冲突要靠温存、忍耐和沉默去解决，而说理往往无济于事。在生活中爸爸也是这样做的，他从未大声呵斥过自己的儿女。爸爸给我的印象永远是那么慈祥，我甚至不能想象出他发怒的样子。爸爸对与他患难与共、相濡以沫的妻子更是关爱有加。他曾用饱含深情的笔墨写道："妻四十五年来含辛茹苦，千里相随，她是这个家庭的顶梁柱，头等功臣。"正是在父母潜移默化的影响下，我们懂得了爱，懂得了宽容。正是这种民主、和谐的家庭氛围，使我们在挫折中感到心灵的慰藉，在逆境中仍能健康成长。恢复高考后，三姐和我先后获得大学文凭，弟弟以优异的成绩考取研究生，获得硕士学位。这在当年的家乡是很难得的。

　　1998年初，经医院诊断，爸爸患了食道癌，并到了晚期。我们不敢相信，一向坐如钟、站如松、行如风的父亲怎会患了如此绝症？看着白纸黑字的诊断书，我们欲哭无泪；面对医学史上的空白，我们叫天天不应，叫地地不灵。弟弟是医学硕士，也只能眼睁睁地看着癌细胞侵入爸爸的机体。我们买来许多好吃的东西，以略表寸心。可爸爸却说，不要浪费，家常便饭最好。一年来，爸爸忍受着巨大的病痛，从不在家人面前显露。问他，总是说：还可以，还可以。后来，爸爸已经不能吃饭，甚至喝不下一口水。可是，还催促守在床前的姐姐、弟弟和我去吃饭。听着爸爸微弱而亲切的声音，我的眼泪夺眶而出！在生命垂危的时刻，爸爸微笑着对妈妈说："不要悲观，要多保重！一切正常。比起那些早已离去的同事，我已属幸运，我会含笑九泉的。"几分钟后，爸爸面带微笑，安详地离开了人间！没有痛苦，没有遗憾……就是这样，爸爸用微笑面对逆境，用微笑面对疾病，用微笑面对死亡，顽强地走完了坎坷的人生之路。

　　噩耗传出，乡亲们都来了，他们因失去了一位敦厚的长者而悲痛；孩子们哭了，他们记得，爷爷不止一次地辅导他们学习；马村小学的老师们含泪帮妈妈料理丧事。他们不能忘记，老人在临终前几天还关注着学校的教学工作。几天时间，已是人去屋空，阴阳两相隔。真是：想见音容空有影，欲听教诲杳无言（全体老师挽）。"文革"中对爸爸有过非议和责难的人也来到灵前祭奠。爸爸说过，那是运动，不能全怪他们。

他们因爸爸的宽容而备受感动。爸爸早年的学生已到了两鬓斑白的年龄，也闻讯赶来，他们热爱自己的老师，更钦佩他高尚的品德。他们知道，老师一生光明磊落，即使在强暴面前，也始终保持着一个人民教师的真诚、良知。前教育局副局长李爱国先生（爸爸早年的学生）挥笔写下大幅挽联：教育恩深终生感戴，浩然正气万古长存。

爸爸离去的那天，久旱的天忽然淅淅沥沥地下起了小雨。我仰望苍天，大声悲啼："苍天啊，您也因为一个坚强不屈的生命之消失而哭泣吗？"爸爸走了，我们无法挽留住他的生命。然而，他的精神将永留人间。他那种生活简朴、宽厚待人、无私奉献的品德以及在逆境中保持乐观的精神，将永远鼓舞着我们去生活、去奋斗。爸爸还活着，他永远活在爱他的人们中间。此刻，我仿佛看到，爸爸在众多学生的簇拥下，微笑着走来！

（注：本文题目选自李春华女士的一篇纪念我父亲的文章，在此致谢！）

援柬归来的弟弟

在全家热切的期盼和思念中，弟弟终于完成了为期半年的援柬任务。他面带自信的微笑，走下飞机舷梯，踏上祖国的土地，回到了亲人们中间。

去柬埔寨之前，弟弟一再安慰母亲，说那里条件很好，工作也轻松，权当休假。常言道：父母在不远游。面对八十岁高龄的母亲，我可以理解他当时如此说的原因。弟弟走后，我从他同事那里了解到，情况并非如弟弟所说。物质条件暂且不说，关键是那寂寞冷清的生活气氛让人难以忍受。他们的工作地点是设在柬埔寨首都金边的龙华医院（弟弟所在国内总院的分院），这是中国唯——所在柬埔寨开办的医院。医护人员总共不足十个人，一个科室只有一个医生。白天，一个人待在办公室里，没有电视，没有电话，没有因特网。病号平均每天才十多个，且语言不通。夜晚，为了保证安全，医院规定不允许医护人员外出。他们几乎过着与世隔绝的生活。为了扭转连年亏损的局面，分院承包给了个人。追求利益最大化的目的，使承包者对医护人员的要求近乎苛刻。这对于弟弟而言，从备受尊敬的专家级大夫到打工族；从其乐融融的家庭氛围到形单影只的陌生国度；从忙忙碌碌到冷寂孤独的生活环境，无疑面临着严峻的考验。以往派去的医生中有的宁肯接受处分，也没能坚持到半年就提前返回了。

在恶劣的生活环境中，弟弟以坚强的意志生活着、工作着。他把工作地点当作祖国的一个窗口，一块阵地，看作联系中柬人民的纽带和桥梁，满腔热情地接诊每一位病人。除此之外，半年中，他阅读了六百万字的书籍（其中有医学专著，也有现代有影响的文学名著），写了三万字的心得体会和日记，跑了五百公里的路（跑步机上）。弟弟在日记中写道："半年的柬埔寨之行，我经历了孤独和寂寞的煎熬，但我在人格、心智和意志上有了新的飞跃，这是我最大的收获。"弟弟的文笔朴实、细腻、流畅，字里行间充满对父母的深爱，对夫妻之情、手足之情的珍惜。在他的日记中，描述了许多父母早年的经历和生活中的细节，大多是闲聊的时候母亲偶尔提及的。我不知道弟弟何以记得那么清晰。相比之下，做女儿的我反而显得粗心多了。为此我深感惭愧。弟弟也想家，在柬埔寨的时候，有好多个彻夜不眠的夜晚。他想母亲、想家人。他说离开祖国才真正体会到了什么叫乡愁。

结束援柬任务即将回国的前夕，分院院长和弟弟进行了两次长谈。他钦佩弟弟的品德、胆识、学识和毅力。面对弟弟，一向清高挑剔的他，竟情不自禁地竖起了大拇指。

弟弟也一直是我们全家人的骄傲。他自小聪明好学，中考时以高出第二名三十分的成绩取得了全县第一，高考成绩也在全县遥遥领先。大学时担任了学生会主席，省学联主席，受到了国家领导人李鹏、乔石的接见。毕业后又以优异的成绩考上了研究生。在十几年的医疗生涯中，他不知救治过多少濒临死亡的病人。我每次到他们医院，都看到弟弟在忙碌着，一刻不停地给患者解答着各种各样的问题，他说的话或许比常人多出几倍甚至几十倍。我在旁边听着，看着，眼睛里溢满心疼的泪水。无论是陌生的患者，还是找他看病的老乡亲友，他都热情相待。他常说，老百姓看病不容易。

弟弟精湛的医术，诚恳的工作态度，赢得了广大患者的尊重和爱戴。除夕之夜，他竟收到问候的短信千余条。弟弟和同事的关系也很融洽。在他援柬期间，同事和朋友们不知从哪里听说母亲今年八十岁，纷纷来给母亲过生日。由于他们不知道确切的日期，致使母亲过了三次生日：一个阳历的，一个农历的，还有一个差了整整一个月。

此刻，我看着刚刚援柬归来的弟弟，他依然微笑着：谦和、朴实而恬淡，像极了父亲；眉宇间透出的坚毅、从容和睿智，又极像母亲。我想对弟弟说：你是爸妈的骄傲，也是姐姐们的骄傲，你和你的同志们是社会的脊梁。

往事漫笔

很久未曾动笔，其实生活中许多美好的事情，连同那些美丽的心情都是值得纪念的。随着年龄的增长，记忆力大不如从前。此刻，我试图把这些过往存储在文字里，留作永恒的纪念。

婚礼——精心为女儿准备的礼物

2015 年 6 月 21 日，我女儿结婚了。金童玉女在小花童的簇拥下款款而行。紫色 T 台、玫瑰花点缀的帷幕、香槟宝塔、摇曳的烛光、漂亮的婚纱，还有女儿俊美的脸庞，顾盼生辉的眼睛，高挑匀称的身姿，特别是换上红色旗袍的惊艳。那一刻我有些恍惚，仿佛置身于安徒生的童话世界。女儿始终微笑着，她的白马王子——那个出生在西北边陲的朴实而聪明的小伙子也始终微笑着，所有来宾的脸上也都洋溢着快乐。

他们的婚礼不奢华，却隆重而浪漫，温馨而别致。从婚礼现场的布置到观众的互动，都那么和谐美好。主婚人、证婚人以及女儿单位领导的发言都很精彩，当然也包括婚礼上女婿的讲话以及我对女儿女婿严肃而亲切的教诲。这期间，许多亲友高举着手机拍照或录像，坐在主宾席的姐姐和外甥们也在其中，而母亲和弟弟的眼泪在悄然流淌，那是激动、快乐和幸福的泪水。

一个非常挑剔的朋友说，这是他见过的最好的婚礼。他还特别称赞了婚礼的背景视频片，那是我自己撰稿、解说并制作的。或许这些只是溢美之词，但看到女儿幸福的样子，我内心得到极大的满足，全然忘却了筹备婚礼的辛劳。

金昌——镶嵌在沙漠上的绿宝石

2015 年 6 月 24 日，也就是女儿婚礼后的第三天，我们乘飞机前往女婿的故乡——甘肃省金昌市。西北对我来说是陌生的，起初的印象完全来自王之涣《凉州词》中那句"羌笛何须怨杨柳，春风不度玉门关"和左宗棠的"左公柳"，尽管金昌距离玉门关有千余里。

一路上我想象着：那个坐落在祁连山北麓，河西走廊东段，古丝绸之路上的金昌，会是什么样子呢？荒凉、萧索、冷清，还是……？临近目的地，我忍不住从飞机窗口俯瞰：果然，映入眼帘的是一片橙黄色的大漠，无边无际。然而，随着飞机的下降，我惊喜地发现，在大片橙黄中有一抹绿色，就如镶嵌在沙漠上的绿宝石。不言而喻，这就是金昌市。接下来的游览则完全颠覆了我的想象。

时至盛夏，阳光朗照，却不闷热，给人一种暮春或初秋的感觉。金昌高层建筑很少，一般在六层以下。街道整洁而宽阔，绿化带随处可见，加之人口相对较少，绝不会发生堵车现象，这和我家乡的交通状况形成鲜明的对比。热情而朴实的亲家陪我们游览了东湖公园、金川公园、金昌市人民文化广场、皇城水库等。在这些地方，姹紫嫣红的花朵和枝繁叶茂的树木比比皆是，尤其是大片的薰衣草和油菜花更加引人注目。在去皇城水库的路上，领略了戈壁、绿洲、大漠的不同景色，还看到了远处的雪山。

我惊叹于金昌的绿化面积之大和园林之美，心想，如果当年煞费苦心在西北植柳的左宗棠大人上天有灵，定会含笑九泉！亲家在一旁介绍："我们金昌是国家级园林城市，也是全国宜居城市之一。"

去之前，从资料中得知，金昌是一座新兴城市，始建于 1980 年，缘矿兴企、因企设市，因盛产镍被誉为"祖国的镍都"。她是全国 110 个重点缺水城市和 13 个资源型缺水城市之一，也是中国西部自然生态环境比较脆弱的地区。走进金昌，发现她是这般美丽。不知在严重缺水和生态环境如此脆弱的情况下，栽种这些花草树木耗费了多少汗水和心血。我对她的建设者肃然起敬，也对这座城市产生了深深的留恋。

奥林匹克森林公园——园林史上的瑰宝

2015 年 6 月 29 日从金昌返回北京。次日，女儿陪我游览了奥林匹克森林公园。奥森公园分为南园和北园，当我从南园西门走到南门时，就被她茂密的植被、精心的设计、恢宏的气势震撼了。以至于每次进京都会流连于此，久久不忍离开。

吸引我的不仅仅是她的面积之大。她是北京最大的公园，相当于十个北海公园，比圆明园和颐和园面积之和还大。只一个南园，我几次游园都未能尽览。吸引我的也不仅仅是园中植物品种之多。据说有几百种，不同高度，不同形态、不同生长期的植物错落有致，因而春夏秋冬景色皆美，即使萧索的冬天也绿意盎然。

最让我心仪的是她的自然之美。那里的林地、草地、湿地、水域和山体构成了和谐的自然环境，暂且不说那些经典景观：如天境、林泉高致、叠瀑等，随意走在一条林荫小径上，朝任何方向望去，都能入画。这是设计师的精心制作，却又不着痕迹，让人误以为大自然的鬼斧神工。

我喜欢选择不是节假日的日子去园中，游客很少，一个人走在园中曲曲弯弯高高低低的小路上，观赏着各色各样的植物。溪流潺潺，花香阵阵，我常常产生一种幻觉，仿佛置身远离闹市的仙境，抑或是穿行在寂静的塞外绿野，这是一种悠远、缥缈、轻灵的意境。每每走过那块湿地，走到那片芦苇荡，感觉是那么熟悉，那么亲切，仿佛儿时经常嬉戏的地方。我坐在用原木搭就的长椅上，一边欣赏芦花飞舞的美景，一边悄声吟唱蒋大为的思乡民歌《北国之春》，一种复杂的情绪在心中氤氲开来：孤寂、落寞，还有温暖、惬意。

女儿是学园林设计的，她对奥林匹克森林公园推崇备至，并从专业的角度称赞园子的设计之美：什么龙形水系、五千年文明大道、中水处理、北京中轴线与自然山水的融合、生态廊桥等。拿她的话说：奥林匹克森林公园是园林史上的瑰宝。

我对这些不甚明了，只从一个游客的角度感受了她的美。据说奥林匹克森林公园的北园更为野朴自然。那里植有百亩葵花，20多个品种。每逢花季，争奇斗艳，蔚为壮观，引来不少游客，只是几次我都没能遇上她的花期。

来年葵花盛开的时节，我定会游北园。好在女儿的住所步行去奥林匹克森林公园只需一刻钟。不用长途跋涉，就能享受大自然的清风明月鸟语花香，对久居钢筋水泥的都市人来说，是一种幸福。

青岛——关于海的记忆

青岛，这座曾经沧桑的城市，留下了太多的历史印记。秦始皇三登琅琊，老舍、闻一多、洪深、沈从文等近代名人在此讲学。她曾沦为德国、日本的殖民地，也曾爆发震惊中外的五四爱国运动。穿过历史的风云，她如一个风姿绰约的少妇更加靓丽！"红瓦绿树，碧海蓝天"，导游小姐用这八个字诠释着她的美。

初次去青岛，是在20世纪末。来去匆匆，我走马观花般地游览了崂山、栈桥和五四广场，最后在海边停留了半天，从而给我留下了关于海的最初印象，且至今难以忘怀。那是我第一次看到海：时至初秋，海风微凉，我赤足站在沙滩上，眼前是碧波万顷，耳边是涛声阵阵，一种透彻心扉的畅快油然而生。当时朋友打来电话，我兴奋地把手机麦克风朝向大海，让美妙的海浪声穿越空间，传向了远方。

重游青岛，是在2015年8月下旬。这次女儿女婿同行，平添了许多乐趣。他们做的旅游攻略让我非常满意。抵达青岛的次日，我们游览了著名的八大关风景区。所谓"八大关"是海边的一片建筑群，其中有八条以我国著名关隘命名的街道，故而得名。那是一个浓荫和鲜花簇拥的世界。十步一林，百步一园，海棠、枫树、紫薇、碧桃、银杏、龙柏应有尽有。她的特别之处在于集中了许多国家的建筑，造型各异，风格雅致。其中有代表性的花石楼、元帅楼、山海关1号，等等，更是独具匠心。而这一切因为濒临大海便有了灵动的色彩，也因众多名人曾在这里停留便濡染了厚重的文化气息。我们在这片建筑群里或缓步而行，或驻足观看，尽情享受"红瓦绿树，碧海蓝天"的盛景。在公主楼和宋氏花园门前，我为女儿拍下了照片。阳光下，她姣好的面容和窈窕曼妙的身姿在美丽的建筑群衬托下更显得妩媚动人。

人说：仁者爱山，智者爱水。我算不上智者，但却非常爱海。喜欢她的广博，她的温暖，喜欢置身海边物我两忘的状态。女儿女婿理解我的心意，五天的行程，三天安排在金沙滩。我们乘车穿过长长的海底隧道，到达一片沙细如粉的浴场。在那里，我洗海澡，吹海风，听海浪声，忘记了年龄忘记了忧愁，竟如少女般快乐起来。青岛的海是温暖而清澈的，她永远留在了我的记忆中。

外孙女降生——累并快乐着

2016年5月9日，我的外孙女降生了。自这天起，我开始了久违的忙碌。上班之余，要帮女儿看孩子，做饭洗衣，洗尿布，很少有时间静下心来码字。然而，看着怀中稚嫩的脸蛋、不时挥舞着的小手，还有黑亮眼眸中透出的不知是亲昵、愉悦抑或是渴望、依赖的神情，一种幸福感油然而生！每当此时，我便联想起女儿小时候。时光仿佛回溯了几十年，自己似乎也年轻了许多。

二十六年前，我女儿降临人世。从牙牙学语到蹒跚学步，从读第一首唐诗到走入幼儿园、小学、中学、大学，她的喜怒哀乐，甚至她的一个微笑、一个眼神都曾深深烙印在我心里，使我有了回忆的素材、幸福的源泉。为她忙碌，为她积攒，幸福着她的幸福，快乐着她的快乐。如今她终于成家生子，作为妈妈的妈妈，我还是把她当孩子，还要为她忙碌，做她坚强的后盾，就如我的老母亲还在为我的子女忙碌。

有朋友说，累并快乐着！的确，这种忙是心甘情愿的，是幸福愉悦的。如此才有了人类的生生不息。

父亲的梦境

　　父亲离开我们已经八年了，他走得很安详。没有临终遗言，也没有久别人世的悲怆，只是留给了我们一个梦境。

　　那是暮春的一个午后，昏迷了一整天的父亲终于醒来。他先和妈妈说了几句话，接着缓缓地对我们说："我做了一个梦，梦中带着两个学生横渡太平洋，去南美洲考察。汹涌的浪涛很美，很壮观。"我以为父亲还会说什么，可他柔和的目光滑过身边每个亲人的脸颊，随后沉沉睡去，再也没有醒来。

　　父亲死于食道癌，临终前连水都喝不下了。所以我一直想，父亲的梦境和广阔的太平洋连在一起，或许缘于对水的渴望吧？清明节回家乡给父亲扫墓，村里的老人唤着父亲的乳名说：好人啊，他这一辈子真不容易。听着老人的感叹，我忽然想起父亲的梦境。父亲的乳名里有一个"舟"字，而他的临终梦境是水，是巧合吗？我似乎明白了什么。

　　父亲幼年丧母，不久又丧父，青年时代正赶上日本侵华，他毅然投笔从戎，走进了黄埔军校。随后转战南北，九死一生。中华人民共和国成立后，历经多次政治运动。1958年，被打成右派。"文革"中，早已在农村劳动改造的父亲也未能逃此一劫。仔细想想，父亲的一生不正像在汹涌波涛中行进的小舟吗？惊涛骇浪，险象环生，随时都有被浪涛吞没的危险。而面对这诸多危险和坎坷，父亲总是以一颗平和的心坦然走过。他微笑着，脸上没有留下挣扎的痛苦和无奈。就如同那个梦境里，他无视一路的激流险滩，看到的只是浪花的美丽和壮观。

我明白了，父亲是在用他的梦境告诉我：人生的路虽然不是一帆风顺，有激流有险滩，但在激流的深处会有多姿的珊瑚和晶莹的珍珠潜藏。驶过险滩，就能看到鲜花盛开的小岛和仙境般的海市蜃楼。父亲不是哲人，也不是画家，但他把自己沧桑的经历，把对生活的感悟，自然地融进他善良朴实而又宽广的胸怀中，构建了这个梦境：一个简洁而深邃的画面。这是父亲留给我的最珍贵的财富。

又逢父亲节，我知道父亲此刻正在天国遥遥地看着我们。我想说：爸爸，我们血管里流淌的是您豁达、乐观、顽强的血液，我们懂得享受鲜花、阳光和美酒，我们也会坦然面对困难、挫折和磨难。在人生的道路上，没有什么东西会压垮我们，因为我们有一个坚强而伟大的父亲。

千金花絮

女儿的微笑

吃过晚饭，喜欢和女儿一起散步。傍晚没有白天的喧闹，也不似深夜的寂寥。霓虹闪烁，微风习习，我拉着女儿的小手，听着她稚嫩甜美的声音，一种幸福感油然而生，忍不住侧过脸看她。而她正忽闪着美丽的大眼睛，眨动着长长的睫毛，对着我笑呢！还学着大人的口气说："妈咪，别傻看着我，小心汽车！"那纯真的笑犹如清晨绽放的太阳花，那般灿烂，那般纯美。刹那间，仿佛莫扎特的小夜曲在空气中弥漫开来，温暖了夜，温暖了整座城市……

女儿的书法

女儿放暑假了，主动要求跟我去单位。我想，这样免得她没完没了地看电视，就答应了。还好，几天来，她写作业、看课外书，我忙公事，互不相扰。

那天我出去处理一件事，回来一看：哇！写字台、电脑、沙发附近的墙面上，贴满了她的“书法”。什么“水滴石穿”“天若有情天亦老”“路漫漫其修远兮，吾将上下而求索”等。是用我的毛笔写的，后面有落款：丙戌年七月。居然还有一个小小的红红的印章，只是看不清印章上的字。问她才知道，那印章是用毛笔后背沾上印泥弄上去的。看着那稚嫩的字迹，我不禁大笑起来：“妞妞，这么破的字也往墙上贴啊？”

她小嘴一噘，认真地说：“妈妈你笑什么，将来这可是真迹。”

随我一同进来的同事说：“这字写得是那么回事，有特色，还有落款和印章。这孩子继承了他爸爸的艺术细胞呢。”

女儿得意了，高兴地说：“妈，你看舅舅都表扬我了，这可是全世界也找不出的字，你珍惜吧！”

这孩子，哈哈……

女儿的理想

很小的时候，女儿说长大了要做大法官，她鼓动着小嘴，一脸的童真：“我要惩治坏人，解救好人，作一个包青天那样的大法官。”女儿朴素的善恶观，让我欣然一笑。

小学时，女儿的理想是做一个医生。她说：“社会上这么多腐败分子，我是管不了他们了，还是当个医生吧，治病救人也不错。”女儿的理性思考，令我刮目相看。

如今，女儿考上了一所重点中学。上微机课的时候，她发来一封E-mail。女儿写道：“妈咪，将来我想考麻省理工学院的研究生。我喜欢那个地方，我有一种预感，那里有我的期待。我要让自己学到最先进的科学。我会努力的，即使失败了，也不后悔！"女儿长大了，开始把自己的理想付诸行动。我慨然而叹：青春的梦是带翅膀的，"可上九天揽月，可下五洋捉鳖"。妈妈祝福你美梦成真！

一条连衣裙

　　我有一条连衣裙，白底绿花。那白是纯白，那绿是翠绿。两种颜色恰到好处地组合在一起，淡雅而清新。这衣服是十五年前买的。我喜欢她，不仅因为她自身的美丽，还因为她承载着一份真爱。

　　我和丈夫婚后的几年里两地分居，他远在江西九江某海军部队，只能靠书信互传消息。从恋爱时开始，我们就固守着每月两封信的习惯。我和他是在农村长大的，都有些腼腆，写情书也羞于用情、爱等字眼。信写得含蓄而优雅。但从那朴实的文字中，我们可以体会到彼此的关爱。我们的感情也像一泓清澈的泉水，虽没有火的炽烈，却纯洁而绵长。多年以后，他战友玩笑地对我说："我们经常把嫂子的情书当范文看，很羡慕你的文采，当时我差点和女友吹掉，然后照着嫂子这样的找一个。"

　　有一次，大约一个月没收到他的信，我很挂念，正想去邮局打个长途，他突然站到了我身边。我用手拍打着他说，你这家伙，怎么不提前来信告诉我。

　　"想给你一个惊喜！哎呀，快饿死我了。夫人，赶紧给我来点吃的。"

我看看表，已是下午四点。问他，为何没在火车上吃。他憨笑着："为了省钱啊。"我赶紧给他做了面条，看着他狼吞虎咽的吃相，我奚落他：真是个吝啬鬼。

吃过饭，他拿出一块布料，是水洗麻的，白底绿花，非常漂亮。我问他多少钱。他说一百二十元。那时我每月的工资也就这么多。我埋怨他浪费。

"不喜欢吗？这可是我跑遍武汉的商店挑选的。"

当时正是炎炎盛夏，武汉的温度就可想而知了，我能想象出他在烈日下奔忙的样子。他宁肯花一个月的工资为我买衣服，却舍不得在火车上买一盒饭，我的泪水霎时盈满了眼眶。

我找了一个很好的裁缝，把布料做成了连衣裙。我穿上站在镜子前，感觉自己漂亮了许多。他微笑着："好看，清新飘逸，落落大方。"第二天，我去上班。几个女同事投来羡慕的眼光，纷纷问我从哪里买的。得知是从武汉买的，她们只能望衣兴叹了。丈夫是学工科的，可从小酷爱绘画，自然审美观不错。

那条裙子我穿了好几年。起初用本色的飘带扎在腰间，后来身体渐胖，干脆把飘带取下。人到中年后，那衣服已不能穿了，但我仍然珍藏在衣橱里。那布料质地很好，漂染也精良，经久如新，丝毫不变色。

丈夫转业后，没有了相思的苦痛和甜蜜，多了柴米油盐的烦恼，所以偶尔会发生口角。但我们之间一如裙子上那青翠的绿色：真实，自然，也不失和谐。

给女儿的一封信

冰儿：

上午去党校听首都医科大学教授的讲课录音《让阳光照亮心灵》，所以没和你联系。他讲课的结束语是："你只要积极的生活，有人喝彩的那一天就不远了。"妈妈感觉说得很有道理，抄录下来，送给你。

你是爸爸、妈妈、姥姥、舅舅、姨们的心头肉，全家人都希望你找个稳定、安全、能施展专业才华的工作，所以对你面试的每份工作便有了诸多挑剔和担心。姥姥担心你遇见坏人；舅舅担心你的专业被荒废；爸爸担心你找的工作不稳定影响恋爱婚姻。而妈妈集中了他们所有的担心和期冀，我多么希望我的宝贝女儿能找到一份满意的工作，能幸福一生啊！然而，当今的中国，就业形势如此严峻，尽管你有名牌大学的毕业证，找工作也是如此不易。爸爸、妈妈没有足够的能力帮你撑起一把遮阴避雨的保护伞，帮不上你的忙，只能靠你自己在外边打拼，所以平添了几分担心、无奈和歉疚。此时此刻，妈妈只可将万般思绪化为殷殷叮咛，希望你谨记于心。

一、要保护好自己。家长的担心或许是多余的，但很多时候是经验之谈。你要多长个心眼，特别是作为女孩，要学会识别好坏人。当意识到有危险时，应该迅速、机智、果断地脱离。

二、要积极快乐地生活。人的一生不可能一帆风顺，要做好积极面对的准备。挫折也好，坎坷也罢，都把它们当作锻炼自己的过程吧！"天将降大任于斯人也，必先苦其心志，劳其筋骨"，孟子的话可以作为激励自己的动力。无论什么情况下，都不能灰心，"山重水复疑无路，柳暗花明又一村"。如果工作不如意，可以跳槽，条条道路都能通往成功的彼岸。妈妈永远是你坚强的后盾。

三、要坚持学习。你将来想做什么？明年想做什么？应该心中有数，要有长远规划和近期规划。接下来就是围绕自己的目标选择学习内容。不要把学习当作负担，要愉快地学习，因为学习不仅会提升你的气质，增强你的修养，还会带给你无穷的智慧和幸福。要记住，机遇只光顾有准备的人。

四、与人相处要讲艺术。要能管理自己的情绪，也能认知别人的情绪，从而理智地处理周围的关系，做到不温不火，不卑不亢。要与人为善，但不是一味地妥协。妈妈很欣赏你的性格：温和而不软弱，自信而不狂傲。所以，在许多方面你应该比爸爸妈妈做得更好。

五、要善待自己。时常买件新衣服，把自己打扮得漂漂亮亮的；经常做点好吃的，让自己开开心心的。闲暇的时候也可以邀三五好友小聚一下，给自己的生活增添几抹温馨的色彩。

纸短情长，不再赘言。总之，我的女儿是一个阳光、率真、聪明、善良且有坚强毅力的人。我相信：有人喝彩的那一天不会遥远。妈妈和所有的亲人都祝福你！

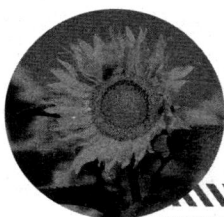

第三辑　且行且歌

寻访白石山

在河北省涞源县城西南，八百里太行山最北端，有一片高大雄浑，如波浪般起伏的群山，山的顶部散布着许多洁白晶莹的大理石，这就是白石山。古人这样记述："山多白石，连峰纵拔，秀列若屏。"许多旅游专家评论白石山：集黄山之奇，华山之险，张家界之秀。白石山已成为国家地质公园、国家森林公园、国家 4A 级风景区。近日，在英国北爱尔兰召开的会议上，联合国教科文组织正式将白石山列为世界地质公园。

由于工作原因，我曾三次寻访白石山。初次造访正值盛夏，我们一行四人从保定出发，途经十八盘，走了约三个小时的山路，到了涞源县城。汽车开进涞源县，一股清凉的风透过车窗飘来。顿时，盛夏的炎热及旅途的疲惫都烟消云散了。涞源又名凉城，由于海拔高，炎炎盛夏仍是凉风习习，空调、电扇之类的纳凉设备极为罕见。

完成工作任务后，好客的主人带我们去了白石山景点之一：十瀑峡。

十瀑峡是由十多条瀑布组成的大峡谷。据说水源充足的时候，瀑布从台阶一级级滑落之后猛然跌入 30 余米的深潭，声响如雷。"如飞云溅雪，似滚珠喷玉。"可惜由于近年北方久旱无雨，瀑布的雄浑景观大不如前了，只有沿途的小溪缓缓流淌。然而，我却领略了十瀑峡的另一个特点，那就是"险"。我们沿着山间狭长的石阶向上攀登，一边是高大的山体，陡直壁立，如刀削斧砍，另一边是深不见底的万丈深渊。石阶时而平缓时而陡峭，平缓处有潭水清澈见底，我们便坐在潭边的石头上，稍作休息。陡峭处间或有怪石突兀，把本来就狭窄的石阶几乎占满，只能攀附石头，小心绕过。走过一块突兀的石头，我低头看了一下那望不见底的深渊，一阵心悸，脚下不由得颤抖起来，走在身后的一位先生连忙拉了我一把。游览十瀑峡对我来说，就像经历了一场惊心动魄的冒险。我被她那奇峰林立，巨壑纵横的壮观景致深深震撼了。

再度游览白石山是在初秋，我们去了白石山森林公园。车从山脚下往上开，大约到1800米处停了下来。往上是由9999级台阶组成的步游路，我们缓缓前行，当感觉体力不支的时候，路边恰好有石凳石桌出现，真要感谢设计师精密的推算了。我一直以为北方的山植被不好，这里却不同。草木繁茂，鸟语花香。尤其是那大片的红桦林，树干深红，挺拔修长，华盖遮天，给白石山披上了美丽的盛装。还有许多我叫不上名字的植物，形态万千，异彩纷呈。那天游人很少，山显得更加静谧。我坐在石凳上，深深吸了一口清新的空气，便有了一种超然世外，宠辱皆忘的感觉。过了四个小时，才走到步游路的中途。到用餐的时间了，只好打道回府，旅伴们意犹未尽，恋恋不舍地下山去了。

暮秋之时，我踏上了寻访白石山的第三次旅程。友人陪我们游览了白石山又一处胜景：空中草原。因为山路陡峭，只能骑马上山。我坐在马背上，放眼望去，茂密的红桦林把山装点得秀丽多姿。尤其是快到山顶的时候，极目远眺，只见那连绵的峰群，时隐时现于悠悠白云之间。云雾如絮如毯、神奇缥缈；群峰若隐若现，形若仙山浮岛。犹如画家笔下一幅浓墨重彩的艺术精品，完全可以和云雾中的庐山相媲美。登上山顶，竟是方圆两公里的平川。主人让我们放马驰骋，在旅伴的再三鼓励下，我壮着胆子，双脚踹蹬，抖动缰绳，放马飞奔，就像驰骋在内蒙古大草原上，那畅快淋漓的感觉真是好极了。可惜当时正值暮秋，上面的花草已经枯黄。当地的老乡说，如果盛夏前来，这里碧草繁茂，鲜花盛开，美不胜收。

三游白石山，也没有尽览白石山的胜景。啊，神奇的白石山，广袤的白石山，我还会来的！

北戴河，我心中的向往

我曾多次造访北戴河，最后一次逗留达二十余天。北戴河不似长江钱塘江的浊浪滔天，也不及烟雨江南的旖旎多姿。然而，她自然、恬淡、平和，如亭亭玉立的少女，不骄矜，不造作。使人感觉到一种走进自然的温馨，回归故里的亲切。以至于我离开她渐行渐远时，竟有了一种难以割舍的怅惘。

清晨，我时常去海边散步。一条柏油路隔开了陆地和海面，一边是松软的沙滩和碧蓝的海水，另一边是绿化很好的欧式建筑群。白百合一簇簇的，散发着怡人的芳香。那里很少看到机动车辆，只有双人或三人的自行车偶尔通过。出租自行车的摊主不兜揽生意，也不看过往的行人，只边听音乐边喝茶，好一副悠闲的样子。路上时常有金发碧眼的俄罗斯女郎走过，给海边小城增添了一抹亮丽的色彩。风很柔和，空气温润而清新。漫步小路上，仿佛穿行在原始森林，又好像走进了童话世界。只凭这种静谧、这种休闲，对久居钢筋水泥车水马龙的都市人来说，就是一种难得的享受。

午后，我会穿上泳装去游泳。北戴河的宾馆离海边都很近，只需两三分钟即到。由于地处渤海湾，海是较为平静的，有风的日子，波浪也绝不会高过三尺。泳场很平坦，几十米之内都能探着底，非常适合游泳。虽然已是初秋，海水还是温暖的。对于我来说，游不了多久就累了。更多的时候只是缓缓在水里行走，或静静站在水中，一任海水轻轻地拍打自己的身躯。仿佛身心也融入了大海，感到一种久违的惬意和舒畅。这时我闭上眼睛，品味着海的温暖、海的清澈，海的博大，竟联想起母亲。想起了母亲慈祥的目光，想起了母亲温柔的爱抚。那一刻，我顿悟文人墨客将大海比作母亲的缘由。

　　傍晚，我喜欢同好友在沙滩上漫步。有一天，我们走近几块很大的礁石。只见礁石一半浸泡在海水里，另一半裸露在沙滩上。海浪拍击着礁石，发出有节奏的美妙的声响；海面波浪起伏，恰似碧绿的绸缎在飞舞；一轮皎月漂浮在海面，仿佛触手可得。我与好友都被眼前的美景吸引了，相对一笑，坐在了礁石上。我们谈论着与北戴河有关的话题：毛泽东的《浪淘沙·北戴河》、曹孟德东临碣石、秦始皇寻仙入海……或许怕惊扰了那美景吧？渐渐地，我们都不再吱声。感受着夜的静谧，任思绪随波涛起伏。我甚至想：徐志摩在北戴河小住时，与林徽因抑或是陆小曼，可曾有过"月夜听涛"的经历？可在这块礁石上停留？想象他们依偎着坐在礁石上：皎月、佳人、海浪、涛声，那该是一幅多么美妙的图画啊！可惜无从考证，只有一篇徐志摩的散文《北戴河海滨的幻想》，清晰地刊登在北戴河的宣传册上，留给后人无限的遐想……

　　啊，北戴河，我心中永远的向往！

龙潭湖探幽

中秋节前夕，我们一行二十余人去了河北省顺平县的龙潭湖。在我脑海里，湖的概念是比较宽阔的水域，可这龙潭湖实在算不得宽阔，她只是群山环绕的一潭泉水，称为"潭"更确切。远远望去，潭是封闭的。走近时见她通过狭长的山间拐向了别处，大有神龙见首不见尾的气势。我猜想，这就是"龙潭湖"的由来吧。

潭水很清澈，泛着淡蓝色的波光。几艘小船泊在岸边，给寂静的水面增添了几许生动的色彩。我出生在白洋淀畔，对水上泛舟已习以为常，便约上几个女友向大山的深处走去。

沿着山间狭长的小路，我们攀登着。前面出现了两个路口，大家正踌躇着不知往何处走，抬头看到了右侧山岩上刻着"情人峰"三个大字。或许这字极易引起人们美好浪漫的遐想吧？我们相对一笑，不约而同地走向右侧的山峰。山不算很高，不一会儿，就攀上了山顶。

山上很清幽，粉红色的小花零零星星地撒在路边的石缝里。满山遍野的柿子树上结满果实，红红的惹人喜爱。一泓泉水缓缓流淌，山显得清幽而静谧。这里确是情人幽会的好地方。可惜我们没有寻到情人的对对倩影，也没有找到他们留下的脚印。但返回时，意外地发现了一个孤零零的农家小院。狭窄的小院里有一个石碾和一座粮囤。儿时我在故乡看到过石碾和粮囤，此刻如发现了久违的古董倍感亲切，急忙拿出相机拍下。心里琢磨着，现在的年轻人肯定不知此为何物了。

小院的主人告诉我们，左侧的山上有更美的风景。我们便匆匆从情人峰下来，寻找可以攀上左侧山峰的路。忽然一阵冷风吹来，只见整座山仿佛被一个巨大的砍刀劈开似的，那笔直的豁口上一排石级直通山巅，犹如通往天际的云梯。顺着石级往上看，几片白云若隐若现于山顶的树枝上，仿佛盛开的白色木棉花。不用多问，这便是"云梯峰"了。

看到这壮观的景色，我一阵欣喜，迫不及待地顶着凉凉的山风向上攀登。石级越来越陡，当爬到中途时，遇上已经返回的"先头部队"。他们担心太晚了，汽车经过隧道会有危险，就劝说我们一起下山了。据说这里还有丹炉峰、拇指峰、佛祖峰、宝塔峰等多处景观呢，可惜连一个云梯峰都没有攀上就要离开了。想象着登上山顶"一览众山小"的意境，心里不免悻悻的。好在石级底部有一个小石潭，我借口累了让他们先行一步，自己停了下来。

坐在潭边，我撩拨着清澈的泉水，玩弄着光滑剔透的鹅卵石，独享难得的静谧，心也宁静而温馨了。仿佛置身于世外桃源，陶公那"采菊东篱下，悠然见南山"的诗句便脱口而出了。是啊，这里虽没有名山大川的雄奇秀丽，但这份清幽静谧不正是我所向往的吗？

当我依依不舍地离开小石潭，走到龙潭湖岸边小酒店时，桌上已摆满了饭菜，有柴鸡、野兔和红薯玉米粥。地道的农家饭，大家吃得很香甜。上车时，小店主人摘下几个圆圆的南瓜送来。我高兴地谢道：这可是纯绿色食品。

归途中，我环顾左右，路边长满了柿子树。趁汽车在盘山公路拐弯稍停的时机，同车的小张竟扯下一枝，上面挂着十多个柿子。看着那晶莹饱满的果实，我默默地想：明年柿子红了的时候，定要约上三五好友重游龙潭湖。我要尽情享受这清风、明月和泉水，决不会再匆匆离开了。

蚕姑坨游记

狼牙山因五壮士而著名，与狼牙山比邻而居的蚕姑坨就鲜为人知了。传说远古时候，在这里居住着一个美丽善良的姑娘，她用蚕丝织成五彩斑斓的布匹，还把纺织技术传授给乡亲。黄帝慕名拜访并纳其为妃。若干年后，蚕姑成仙一掌击开山峰而去，山也因此而得名。

不知蚕姑今在何处，但这个美丽的故事世代流传，吸引了不少香客前来参拜。我们怀着探幽寻芳的心情踏上了去蚕姑坨的路。汽车越过易县县城，又穿过十多公里蜿蜒的山路，停在了农家开的旅店门前，那儿就是蚕姑坨的脚下了。我们沿着自然形成的小路攀登。山路开始比较平缓，只是散布着一些小石子，踩上去，滑滑的，有种站不稳的感觉。不久，天空飘起了蒙蒙细雨。几个同伴停了下来，他们担心雨后路滑，不能下山。我想，反正带着吃的，大不了在山顶的蚕姑庙住一夜，就鼓动大家继续前行。走过一片浓荫蔽日的小树林后，雨终于停了，路却变得崎岖陡峭。每攀上几十米，就需要歇息一下，以补充消耗的体力。不过，这样可以细细品味沿途的风景。走在曲折回旋的小径上，潺潺清泉，啾啾鸟鸣，绿波潮涌，山之巧然尽蕴其中。再往上行，群山叠翠的奇险山势映入眼帘，远远望去，对面山峰开了一个又大又圆的豁口，就像通往天宫的一道月亮门，这大概就是蚕姑成仙而去的南天门。我敢肯定，蚕姑一定是气急而走，不然怎能迸发出如此神力？至于因何生气，便不得而知了。那南天门后的层层群山，若隐若现，仿佛有仙子飘然而来又飘然而去，让人产生许多美好的遐想。

快到山顶时，发现山路左边两峰夹缝处，一座柱形的小山从万丈深渊中冒出来，直冲云霄，正像神话中描述的擎天玉柱。我暂且叫她"玉柱峰"。顺着玉柱峰往下看，只见云雾缭绕，深不可测，让人顿感生命之渺小，造化之神奇。

从玉柱峰左拐，就是通往老君堂的路。按照我的思维习惯：以女性命名的景物更具美感。所以略加思考后，就继续向蚕姑庙的方向走去。让我感到些许遗憾的是，蚕姑庙过于简陋，它是用石头砌成的一间小房子，边长只有丈余，室内除容纳一尊蚕姑塑像外，再没有剩余的空间，我们只能在门口观看。门前香案上几缕青烟袅袅升起，提示人们此处便是神仙所在。如此简陋的庙宇，的确出乎我的预料。但仔细想来：蚕姑以纺织为生，自然是崇尚简朴的。

转过蚕姑庙，登临山顶，极目远眺，顿觉心旷神怡。远山、近峰、蓝天、白云，组成了一幅绝妙的风景画。坐在山顶的石头上，清风习习，白云飘飘，花香袭人，给人一种恍若隔世的感觉。当我从蚕姑庙下来准备去老君堂时，集合的时间到了，在同伴的催促下，我只好悻悻地下山。据说蚕姑庙西去2.5公里经蜡烛峰、秤砣岭、鸟鸣涧、古栈道就是老君堂。沿途峰峦如簇，奇花异草。那里的路、桥、树、洞，只有仙境中才会有。

坐在回家的车上，几个捷足先登的旅伴喜形于色的讲："我们去老君堂了，沿途的景色太美了！只是我们跑得快，没来得及细细品味"。是啊，凡事很难两全。登山是这样，人生何尝不是如此：走得太急，便不能细细品味沿途的景色，享受闲适恬淡的人生意趣；走得慢了，又难以到达辉煌的极顶，领略"一览众山小"的韵致。

当我再回首时，蚕姑坨已淡出我的视野。不知道是遗憾还是留恋，心中竟有了一丝淡淡的惆怅……

趵突泉边忆清照

登过泰山，又去游览济南的趵突泉。对趵突泉的印象始于一个历史传说。据说，宋代女词人李清照曾居住在这里，她与夫君赵明诚在泉边散步，两人切磋金石书画，吟诗填词，好不惬意。距趵突泉不远处的漱玉泉就是清照掬水梳妆的地方，有李清照的《漱玉词》为证。

穿行在济南繁华的街道，我在想：究竟是一处什么样的水土，才孕育出清照这般锦心绣口的女子？走进趵突泉公园，一股清新的空气裹挟着花香扑面而来。高低错落的草木被一条水带串联起来，许多小石潭散布其中，就像女人发带上镶嵌的颗颗明珠。潭中的泉眼不停地冒着水花，扑通、扑通……若在深夜，这声音定会传得很远。时值四月，乍暖还寒，这里的花儿却竞相开放了。红的、黄的、白的，叫不上名字的野花与各种灌木、乔木混合在一起，给人一种返璞归真的感觉。泉因草而清冽，草因泉而空灵。奇花异草、假山池沼、小桥流水、亭台楼榭构成了一片绝美的风景园林。若非大自然的鬼斧神工，也是园艺家的匠心独具了。不难想象：当年清照和明诚牵手走在垂柳依依、疏影斜枝的小路上，耳畔是溪流潺潺、鸟鸣啾啾，诗情文思如泉涌般奔流而出——

"常记溪亭日暮，沉醉不知归路。兴尽晚回舟，误入藕花深处。争渡，争渡，惊起一滩鸥鹭。"《李清照·如梦令》，多么生动的场景！荷丛荡舟，沉醉不归，一幅自然美的画卷。少女清照外美如花，内秀如竹，文笔更是不让须眉。难怪有人把她写进一首长诗里：李家有女初长成，笔走龙蛇起雷声。可惜好景不长，靖康之变后，李清照与赵明诚避乱江南，后来赵明诚病死，她独自漂流在杭州一带，在凄苦孤寂中度过了晚年。

名泉美景已不属于她，清照悲秋自怜、如泣如诉："寻寻觅觅，冷冷清清，凄凄惨惨戚戚。乍暖还寒时候，最难将息。三杯两盏淡酒，怎敌他晚来风急！雁过也，正伤心，却是旧时相识。满地黄花堆积，憔悴损，如今有谁堪摘？"《李清照·声声慢》，形只影单的清照伫立在风中，如水的眸子里充满对故国的眷恋，憔悴的身体里包裹着一颗不屈的灵魂。风吹散了满地黄花，也吹乱了她的头发，她飘逸的身影化作一尊雕像永远定格在历史的画卷……如今，清照已远去，但她用真情创作的一首首优美的词作，如泉水般生生不息地流淌着。"生当作人杰，死亦为鬼雄。至今思项羽，不肯过江东。"我想，清照有灵，该早已回归故里了，不然这泉水怎会如此清灵。美景如画，追思不已……

导游小姐催促我们马上集合，向山东菏泽进发。我如梦方醒：还没有走到漱玉泉啊！与一代词人失之交臂，心里不免怅怅然若有所失。在转身离去的时候，我对自己说：我还会来的！那时，我定在漱玉泉边久久驻留，我要透过清澈的泉水寻觅清照婉约的倩影，细细品味那流芳千载的辞章。

我钟情于那份静谧

我喜欢独自游山，我钟情于那份静谧，那种幽深。若是集体出游，我会放慢脚步，一个人走在后面。缓缓走来，小鸟鸣啾，松涛阵阵。伸手掬一捧清泉水，凉凉的，甜甜的。累了我就坐在岩石上，放眼望去，周围皆是绿色。我也仿佛融入了无边的绿色中，身心也随之飘飞起来。感受着绿浪的浸润，享受着无尽的静谧，情也绵绵，思也绵绵。我会想起儿时的伙伴，天真可爱的女儿，慈祥的父母，敦厚的丈夫，可敬的老师。我想，有一天，大家相约来这里该多好！

我也喜欢玩水。乘一叶小舟，浪迹于碧蓝的湖面，游荡于寂静的荷塘。微风吹来淡淡清香，河水泛起圈圈涟漪。此时我便放下船桨，任小船自由漂荡，我只专心观赏那荷花。远远望去，荷花或俯仰舒展、摇曳生姿；或亭亭玉立、洁白无瑕；或婀娜妩媚、仪态万千。若是恰有细雨飘来，朦胧中又平添了一分神秘。颗颗珍珠撒落玉盘，万千芦苇随风摇曳，似梦似幻中，仿佛袅袅娜娜的仙子挽着轻纱款款走来。此情此景，岂能分清天上人间呢？我撑起一柄花伞，倚靠在船舷上，什么都不想，什么也不说，一任身心自由地舒展，缥缈若风，空灵如烟。

　　曾与朋友谈到寄情山水的偏好。他说这是一种逃避，一种对红尘的厌倦。或许有道理吧！我曾在庐山小住数月，初到那里，山清水秀，感觉很美。时间久了，一种寂寞冷清的感觉就时时袭来。美景虽好，但终不能久留。人是社会的，无论走出多远，也要回归社会的。何况我乃红尘中人，怎能久享这份幽静呢。

幽谷听泉

"空山新雨后，天气晚来秋。明月松间照，清泉石上流。"一首《山居秋暝》伴我走过了四十个春秋。记得牙牙学语时，母亲就教会了我这首诗。走过人间的风风雨雨坎坎坷坷，这诗中的意境逐渐在心中聚集升华，并如海浪般一次次涌来。

我幻想着，在暖暖的夏季，辞去所有的红尘琐事，牵了爱人的手走进那浓荫蔽日人迹罕至的深山里。幽幽的山谷，清凉的山风，还有群鸟的鸣唱。一阵细雨过后，山间清新如晨，树木更加苍翠，山风携带了泥土和花儿的清香。你采了野菊花轻轻别在我发髻，我俏笑着走近一泓碧水。看着水中自己的影子，跳起了舞蹈，唱起了山歌，那悠扬的声音在空谷中久久回荡。

夜阑人静时，我和你依在小木屋的窗边。只见明月高悬，树影婆娑，山风吹拂着嫩竹，发出轻微的声响，犹如林间仙子在轻歌曼舞。你点起一盏油灯，挥笔泼墨，将人生的感慨和积淀尽情宣泄。我坐在你身边，静静看着你勾、擦、点、染，如品一杯浓淡适宜的香茗，又似品尝刚从

树上采下的鲜荔。你给我一个温和的眼神，我回你赞美的一笑。

隐约中有柔曼的声音传来，叮咚、叮咚，清脆而不嘈杂，舒缓而不凄凉。你停下画笔，牵着我的手走出小木屋，循着那叮咚的响声走去。

啊，是山泉。在月光下，泉底的水草清晰可见。有小鱼顺流而下，给泉水增添了勃勃生机。你我坐在泉边，享受着这天籁，竟然没有注意月儿已悄然落在柳梢头。

你问我：世上有各种各样的泉，有空灵美妙的，如王维的"明月松间照，清泉石上流"；还有冰冷凝结的，如白居易的"冰泉冷涩弦凝绝，凝绝不通声暂歇"；有涓涓流淌的，如陶渊明的"木欣欣以向荣，泉涓涓而始流"。你喜欢哪种？

我回答：都喜欢。"泉水从地泉深处涌出来，不间断地奔流着，从古到今，阅尽地面上一切生物的生死、荣枯。"所以，泉水是有灵性的。不然你我怎会在泉边相识，并携手走上婚姻的红地毯，走过漫长的人生之路，而今又一起听泉呢？

你颔首微笑："夫人，成哲人了。还生死荣枯呢？""哪里哪里，这是东山魁夷说的，不是我杜撰的。"我们都笑了，彼此的心之泉在奔涌，融合……

一个梦境，一泓清泉，一篇短文，让你在茶余饭后细品。我相信你能感觉到我心泉的叮咚，我也知道有一天你定会带我去听泉，哪怕到垂垂暮年。

第四辑　情思绵绵

永恒的美（小小说）

　　你轻轻地走了，吝啬地没有说一声再见。物是人非情已逝，我心独怆然！此时此刻，没有怨哀，没有懊恼。溢满心间的是对美好往昔的回忆，还有那挥之不去，剪不断理还乱的缕缕情思。穿过霞飞霞落的记忆芳草地，那些清澈如水又灿烂如花的感情点滴，如一只沧海蝴蝶，衔着我曾经的欢声笑语、浪漫甜蜜，理想追求无声无息地翩然飞来……

　　你和我在一个朋友那里不期而遇。你睿智优雅的谈吐，温和亲切的笑声引起了我的注意。然而，那时的你在我的心河里只是激起了一个小小的涟漪，瞬间就平静如初了。生活就是无数巧合的延续，那天我因为工作的事情耽搁了回家的时间，在夜色中匆匆赶路时几乎与你擦肩而过。你轻声的招呼，使我看到了已经走到近前的你。攀谈中，得知你在附近的学校办了一个朗诵培训班，每天来这里讲学。那用声音符号描绘世间万物的朗诵艺术是我多年的爱好。我被这个无意中得到的消息激动着，第二天傍晚，早早地赶到那个学校，聆听了你的第一堂课。你娓娓的讲述，精彩的点评，加上那浑厚的男中音把我带到了一个美妙无比的艺术境界。我被你的博学、聪慧深深震撼了，也被你的耐心和真诚深深感动！

从那儿以后，去学习朗诵成了我最喜欢的业余生活，聆听你美妙的声音成了我最奢侈的享受。我徜徉在艺术的殿堂里，快乐得像只百灵鸟。直到有一天，我和你有了一次相伴而行的经历。那天，我们几乎同时走出教室，一起踏入浓浓的夜色中。我不时提出一些关于朗诵的问题，你一一解答着，耐心地教我发音的技巧。从那以后，每天下课后，我总是放慢脚步，装作不经意的样子等你出来。我们一次又一次地继续着这样的漫步，我们谈艺术，谈理想，谈各自的经历。你给了我许多人生感悟。一个女人愿意和一个男人在一起的感觉是那么快乐和踏实。但是我不敢有太多的奢求，因为你是名人，是大家的偶像。我在心里不停地提示自己，我们只是朋友。直到有一天，同桌让我看了你最近发表的作品。其中那篇《心灵的日记》，只有我能看懂。她记录了我们相识以来的点点滴滴，分明是写给我的一封情真意切的情书。那天，我第一次没有注意听讲，只是反复回忆我们相识以来的每一个细节，只是盼望快点到下课的时间。

下课的铃声终于敲响了，我急忙走出学校，驻足路灯下大胆地等你走近。这是一个月柔风清的夜晚，小河的水静静地流着。路上行人很少，从远处传来的淡淡丝竹声更增添了这夜的寂静。或许在细细品味这夜色的美妙吧，你我都没有说话。当我们来到一个咖啡厅的门前时，竟默契地对视了一下，走了进去。朦胧的环境，迷离的灯光，曼妙的音乐，真切而又遥远，令人沉醉。我们都从对方的眼睛里看到了浓浓的爱意，但我们只是交谈着一些平常的话题。不知不觉中已到深夜，你站起身，诙谐地说："小芳同志，我的船要起航了，你搭乘我的船吗？"我一语双关地回答："不，我怕你半路把我扔下海底。"你幽默地答复："经考察，小芳同志有晕船的毛病而且胆小，本船长不带你走了。"我急忙说，"不，我要随你远航，路上给你和船工做饭，不收劳务费。"你爽朗地笑着说：
"那好，我们启航。"我们走出咖啡厅。路上，我试探着问你：你有恋人
吗？你轻轻地回答："没有，女人如花，我现在没有足够的金钱和时间，
我怕自己不能精心浇灌，从而伤害了女人的心。我的房间里只有仙人掌
和吊兰，因为他们的生命力很强。"我轻声说："我就是仙人掌，不需要
精心浇灌，我只是希望静静地陪伴你，为你送去清新的空气。"你一下子
握住我的手，并轻轻地说："你是我心中的紫丁香，你是那么优秀。你的
降临，让我感到生活的美好，我非常珍惜你，怜香惜玉般地珍惜。"我们
牵手向前走去，我说：我们能这样永远走下去吗？我真想和你走到一个
幽静的山村，过一段"采菊东篱下，悠然见南山"的生活。你长久地沉
默着，直到我们分手的时刻没有再说一句话。我借着路灯的光线，分明
看到你眼中闪过的落寞和无奈……

　　第二天，你没有去上课，你从这个城市，从我的视野里永远地消
失了。你逃离的理由可以说出千万条，可你为何要选择不辞而别呢？两
个月来，我被一种巨大的伤感包围着，我的生活中不再有笑声，不再有
鲜花……

　　今天，月色依然那么美好，我漫步在那条洒满你我足迹的小路上，
走进了咖啡厅，坐在我们相会的地方。看着对面空空的椅子，陷入深深
的思念中。猛抬头，看到墙角的一盆昙花，我惊奇地睁大了眼睛：真是
太美了，世上竟有如此娇艳的花！我和咖啡厅的主人借了照相机，拍下
了她美好的瞬间。看着眼前的昙花，我若有所思：昙花一现，但是带给
人的美感却是永恒的！我一下子释然了，那温馨似梦，幸福如诗的往昔
不会再来，但是你给我的知识会变成我生活的能力，成为永远的财富。
你的爱已成琥珀，永存灵魂深处。想你的时候，我会拿出来仔细擦亮。

　　嗅着咖啡淡淡的清香，我竟轻轻吟诵起来："良好的愿望是'永久'/
我却不再妄想/也不再苦苦强求/分手如果是不得已的事/只因人生的路

本就很多 / 用不着叹息和悲泣 / 用不着怨恨和难过 / 只在意 / 当它放在眼前的时候 / 善待别人和自己 / 好好用心去把握 / 当它消逝的时候 / 可以对自己说 / 那一刻 / 我是真心地投入 / 那一段是真实的感受。"

一生知己是梅花

"一生知己是梅花，魂梦相依萼绿华；别有闲情逸韵在，水窗烟月影横斜。"这是晚清四大名将之一彭玉麟的诗作。初读此诗，甚觉清新优雅，缠绵悱恻，误以为出自闺阁才女之手。前不久看央视《百家讲坛》，方知彭玉麟这个足智多谋、凶悍勇猛、叱咤风云的水师统领确实是侠骨柔情。他以罕见的痴痴柔情演绎了一场旷世之恋。

彭玉麟与梅姑青梅竹马，两情相悦。但因家长反对，未能成婚。梅姑出嫁四年后抑郁而终。彭玉麟悲痛万分，他在梅姑坟前立下誓言：要一生画梅，以万幅梅花纪念她。从此，在大清的兵营里，有了一个画梅的将军。他画了四十年，从英姿勃发的青年时代画到垂垂暮年。他在湘军水师的兵营里画，在布政使的官邸画，在兵部侍郎的书房里画。辞官后，在"退省庵"清冷的石阶上画，并在居所旁遍植梅花。临终之前，他终于以万幅梅花的心血之作完成了对恋人的承诺。

不知道是因为悲悯还是同情，我向来对专情的人有一种特别的好感，并由此产生了想了解他的冲动。我翻看着一页页历史书籍，追寻他的足迹去探究他的心路历程。我惊讶地发现，彭玉麟就是一个有着梅花般品格的人。他六次辞去高官的虚怀若谷，年近七十临危受命的雄姿英发，他的清廉正直，尤其是对梅姑的一往情深，都深深烙印在我的心中。我甚至想象他画梅时的心情和表情：忧伤、思念、懊悔、还有对往昔的追忆。我仿佛看到他孤独地徘徊在画室里，四顾茫然，双眸中流露出痛苦和无奈……

　　一代名臣，一位情圣，已经远去，掩卷之际，我想到了那个让他痴恋一生的女子，她若非倾国倾城，也该是锦心绣口了。我在想，这个与唐琬有着类似经历的女子，较之唐琬还要不幸，唐琬毕竟和陆游有过一段美好的婚姻生活，可她却没能和心爱的人携手走上婚姻的殿堂；她又是幸福的，陆游只留给唐琬一阕《钗头凤》，令后人为之唏嘘叹息。彭玉麟留下的是万幅梅花，他付出的是一份全心的始终不渝的爱。一个女子能得到如此厚爱，可算不枉此生了。

一树梅花

　　迁居新办公室后，一下子从繁忙琐碎的工作中解脱出来，就像从热闹的街市走进林间幽谷，轻松了许多。在清雅寂静的房间里，环顾四壁，感觉少了点什么，于是请丈夫画了一幅梅花，挂在北面的墙壁上。闲暇之时，我时常凝神观赏这幅梅花图。看上去整个画面仿佛梅林的一角：

近处一树梅花异常繁茂，远处的梅枝若隐若现。而那上面的题诗"香中别有韵，清极不知寒。"更是常常引发我无限的遐想……

读过不少梅花诗，但我一直以为崔道融的这首《梅花》是最好的，因为她准确而精练地道出了梅花的精髓。"数萼初含雪，孤标画本难。香中别有韵，清极不知寒。横笛和愁听，斜枝倚病看。朔风如解意，容易莫摧残。"每每赏画，就情不自禁地低吟这首诗；每每吟诗，心中便产生一种莫名的怅惘。古人常用花比喻女人。我想象着，在诗人的心中定有一位如梅花般高洁的女子。在漫天的飞雪里，在婉转的笛声中，那女子素衣飘飘，迎风而立，孤高绝俗的神韵惹人怜爱。

这女子是谁呢？由此，我会进一步联想到那些名垂史册的奇女子：蔡文姬、李清照、陆小曼、庐隐、秋瑾、张爱玲、林徽因等，她们的生平往事如蒙太奇的镜头般在我脑海翻滚。是她们其中的一个吗？其实，是与不是已不再重要。我只是想：她们一生的痛苦与挣扎，漂泊与无奈，才华与成就，多像在风雪中苦苦奋争的梅花啊！

朔风没有因为诗人的祈求而放下它的利刃，呼啸着走向这个柔弱而坚韧的群体。在风霜无情地摧残下，她们大多过早地凋谢了，香消玉殒，魂归故里。然而，从饱尝战乱别离之苦的文学家蔡文姬，到"一身诗意千寻瀑，万古人间四月天"的林徽因，都留给了我们太多的精神财富，犹如那淡淡梅香中氤氲着的铮铮气韵，至今绵绵不绝，濡染着这片中华大地。

我爱这孤高绝俗的一树梅花！

曾经相聚

"别管以后将如何结束，至少我们曾经相聚过。不必费心地彼此约束，更不需要言语的承诺。"

每次去歌厅，似乎都能听到这首《萍聚》。然而，从小缺乏音乐细胞的我，很少唱歌，更没有唱过《萍聚》。前几天，饭后小聚于K歌厅，同学月儿点了这首歌。当音乐响起，她有电话打进，就将麦克风递给了我。随着舒缓低沉的音乐，我唱了起来。没有想到，第一次唱竟没有跑调。月儿调侃着：肯定是切合了你心中的某种情愫，不然咋会唱得如此深情如此动听？我莞尔一笑：这词和曲都很好，不仅好听，而且好唱！

回到家后，我忍不住打开电脑，仔细欣赏这首歌曲。简短的歌词，并不复杂的曲调，诠释的该是一种貌似洒脱的放弃的缘分吧？再看歌名，也足以让人感伤。萍的相聚或许出于偶然，萍的分离势在必然，哪怕是一阵风就会让它们永远分离，再不能重聚。这字里行间有着怎样不为人知的隐痛与无奈？是时空的距离，还是俗世的鸿沟？是青涩的季节，还是迟来的爱？我不得而知！

人生一世，要经历多少离别？亲人之间、朋友之间，恋人之间。有些离别是刻骨铭心的，有些离别是不能重聚的。在通信和交通不发达的往昔，这样的事情是屡见不鲜的。如此，便有了李白的"孤帆远影碧空尽，唯见长江天际流。"有了岑参的"山回路转不见君，雪上空留马行处。"即便到了通信和交通异常发达的今天，那些过往的朋友，那些曾在我们生命中占据重要位置的人，也可能随着时间的流逝，随着主客观条件的变化，如一叶浮萍般在我们的视野里永远消失，带给我们无限的怅惘和思念。而他们自己，在四处飘零的漫长旅途中，有孤独、有无奈、有疲惫、有牵挂，还会有难言的不舍。正因如此，这首歌才成了人们宣泄情感的载体，自我安慰的苦酒，才久唱而不衰。

　　出于对《萍聚》的喜爱，我开始查询她的词曲作者。让我惊讶的是：这首传唱多年的歌，词曲创作者的真实身份，居然是个悬案。后来我终于探寻到尚未得到众人首肯的一则信息。自称《萍聚》的作曲者孙正明说，四十年前他就读台湾大学音乐系，巧遇两名年龄相仿的女同学。对方拿来草稿纸上一小段歌词（也就是现在这首《萍聚》的歌词），请他帮忙谱曲，打算拿去参加救国团歌曲征选。当年台大音乐系严禁学生私下参加通俗音乐创作与比赛，所以孙正明谱曲后告诉女同学，参加征选时，千万不要署名。之后孙正明前往法国留学并滞留多年。至于那两位女同学，他已经记不得姓名了。

　　歌词的作者连同她们的故事也如萍般消失在人们的视野了，只留下这低回婉转的歌曲，久久萦绕在我们的耳畔——

　　"只要我们曾经拥有过，对你我来讲已经足够。人的一生有许多回忆，只愿你的追忆有个我。"

一缕情丝系于梅

不知是我名字里有一个梅字，还是母亲爱梅的缘故，我自小就关注着与梅相关的事物。后来看电视剧《红楼梦》，那踏雪寻梅的情景就时时萦绕在我心中，再也无法抹去：洁白的原野随着镜头缓缓延伸，几枝红梅从玲珑庙宇的墙头探出，身着红衣的宝玉轻叩庙门。门缓缓地打开，只见一个袅袅娜娜的女子走出来，接着便传来如诗般的禅语……

随着岁月的流逝，这种梅情结在我心中蔓延着，我渴望有一天能走近梅花，闻梅香，听梅语，一睹梅的芳颜。说来惭愧，或许是家乡的土壤不适合梅的生长，偶尔的出游也没有赶上梅的花期，我竟一直没有见过真正的梅花。故而我只能用画梅、书梅或品读诗人的作品来寄托我的思梅之情。所幸古今吟咏梅花的诗词很多：

"墙角数枝梅，凌寒独自开。遥知不是雪，为有暗香来。"（梅花诗·王安石）写梅的纯净洁白。"吾家洗砚池头树，个个花开淡墨痕。不要人夸好颜色，只留清气满乾坤。"（墨梅·王冕）吟咏梅的超然脱俗，高洁端庄。"无意苦争春，一任群芳妒。零落成泥碾作尘，只有香如故。"

（卜算子·陆游）道出梅身处逆境而不屈的品格。还有卢梅坡的《雪梅》、林和靖的《山园小梅》以及曹雪芹《红楼梦》中的一组《咏红梅花》等，不胜枚举。这些诗词或咏其风韵独胜，或吟其神形俱清，或赞其标格秀雅，或颂其节操凝重。读罢更让人对梅肃然起敬。

去年初冬，母亲在公路边发现一棵干枯的冬枣的树冠，她慧眼识珠，截取一枝拿回家。虬曲的枝干粘上自制的粉红色花朵，然后插在精致的花盆里，一棵漂亮的梅花就做成了。我看后激动不已，也学妈妈做了两枝鲜红的梅花。瞬间，诗情画意便充盈了我的寝室和客厅。如此，也感觉与梅亲近了许多。

然而，我还是想看到真正的梅的，据说长江流域是梅的故乡，那里盛开着大片梅花。可在北国冰天雪地里凛然开放的梅花，更令我神往。哪怕只是一枝或数枝，也足慰我心。但愿与梅相遇的时日不会很遥远。今年冬天，我将踏遍白雪皑皑的大城山，走过悠悠的古驿道，只为能寻到梅的芳踪。

一片枫叶一片情

　　深秋里，走在山野林间，时常看到一幅壮丽而凄凉的画面：一片片枫叶在凛冽的寒风中哗哗落下，顷刻间，枝繁叶茂的树干上只剩零星的几点。那枝干有如一个失去青春润泽和活力的枯瘦老人，无奈地在秋风中瑟缩着。

　　这场景常常引起我的联想，枫叶从发芽、吐绿到成长为圆圆的一片，始终与枝干亲密相依，经脉相连。然而，此刻却不得不分离。他们心中一定有很多无奈，很多不舍。那鲜红的色彩或许就是离别的泪水染成吧？正所谓"晓来谁染枫林醉，总是离人泪。"但草木荣枯、花开花落是自然的法则，是人力所不能逆转的。他们不得不放弃那亲密的相依，在一次美丽的滑翔之后，重归泥土，参与生命的又一次轮回。

　　由此，我还联想到人世间最美好最激动人心的情感——爱情。都说"愿有情人终成眷属"，其实往往不能如愿，一对有情人或由于种种原因失之交臂；或错过了机缘，相逢于不该相逢时，从而引出了许多悲苦缠绵的故事，留下了许多伤感凄美的文字。最近游走于网络，对此感触颇深。论坛上随处可见的，是和着泪水写就的文字；房间里萦绕的，是如泣如诉、婉约缠绵的诵读。相爱了，又不得不放弃，并无奈地说："放弃也是一种美丽。"

是啊，该如何处理这种情感呢？排除一切羁绊，勇敢地去寻求心的归属吗？且不说挣脱世俗的窠臼，会付出多大的牺牲。即使苦苦挣扎到达了爱的伊甸园，身心也已被扎得遍体鳞伤苦不堪言。更何况，难保那份情感会不会在遇到风吹草动时，化为水中月、镜中花。故而其追求的勇气可嘉，行动却有失谨慎了。

人是社会的，除了对浪漫爱情的追求，还要肩负许多责任：社会的责任、家庭的责任。当爱不能与家庭合二为一时，多数人选择忍耐、选择对爱情的放弃，甚至寄托来世，渴盼在生命的又一次轮回中，能与心爱的人厮守，以弥补今生的遗憾。这对深爱着的男女来说未免残忍了些，但在儒家思想主宰几千年的中国，仍然为大多数人所认可或采纳。如此，枫叶的命运也就成了他们不二的抉择了。

一片枫叶一缕情。啊，飘飞的枫叶，企盼着来年的春天，绽放于枝头的是你灿烂的笑靥！

一丝心弦

　　在我的梦中，经常出现这样一幅画面：翠竹边，山石上，端坐着一个古装女子。她飘逸俊美，柔弱如西子。她目视前方，手抚古琴，用纤细的手指轻拨慢捻，于是那丝丝缕缕、幽幽怨怨的琴声便从指间飘出，弥漫开来，传遍了山野林海。

　　梦醒后，我会痴痴地想：那女子会是我吗？琴音里蕴含的是一种什么样的情愫？哦，或许她拨动的不是一般的琴弦，而是一根心弦。

　　人常说，日有所思，夜有所梦。或许有道理吧？我崇尚古典美，因为她透着一种纯朴平和，与世无争的高洁，就如那女子一身淡雅的古装。我走在人海茫茫的尘世，却时常感觉孤独。有一种倾诉的渴望，有一种想被理解的企盼，潜意识里甚至希冀相遇一段高山流水的情缘。然而许多事、许多话只能埋在心底，有些缘分也是可遇不可求的。对于那些曾引起我心灵悸动共鸣的人和事，我会珍藏于内心深处，在某个时日她便从记忆中涌出，让我在漫漫长夜里重温那曾经的感动，独品那思念的苦酒。但我不会与人提起，因为我怕亵渎了她的圣洁。我只能把自己朦胧的感悟诉诸笔端，就如那女子把一腔愁绪赋予琴弦。只不过我用笔，她用弦而已。

　　朋友笑我小资，想想也是，春花秋月、小桥流水都属于感伤词人，与我何干？前不久，一个同学重病住院，当医生把她从死亡线上拉回来时，我去看了她。她脸色惨白，微笑着对我说："活着真好，真怕看不到你们了。"是啊，生命是宝贵的，父母把她交予我们，我们就应好好珍爱她。而拥有一份愉悦的心情，保持一种积极的处世态度，是对生命的最好馈赠。阳光总在风雨后，我不能沉湎于那飘雨的清冷中，应该到阳光中散步，去看那山花的烂漫，去闻那鸟语的和鸣，我要让自己快乐起来。别了，我的梦境；别了，我那抚琴的女子，连同那剪不断，理还乱的一怀思绪。

又听名曲诉衷情

　　白天下了一场雪，夜晚显得更加寂静，仿佛听到了风吹残叶的沙沙声。月亮将光晕洒落在窗上，不知洒下的是一缕柔情，还是一丝清冷。我倚坐在松软的沙发上，没有开灯，只静静梳理着自己混沌的思绪。

　　忽然窗外传来悠悠扬扬的琴声，刹那间，似有一种神秘温馨的意蕴在空气中流动。哦，这琴曲是《莫斯科郊外的晚上》。我非常喜欢这首歌，喜欢她的歌词和曲调，喜欢她描述的意境：寂静的深夜，波光粼粼的小河，飘着幽香的花朵，执手相看的恋人，别情依依的缠绵，再加上那富有魅力的、水晶般剔透的旋律，使人不由自主地融入其中，仿佛自己就是小河边的姑娘或小伙子。这是自然美、情感美、音乐美和谐交融产生的一种震撼。或许正因为这首歌不同寻常的艺术魅力，自五十年前诞生于苏联以来，一直传唱至今。

　　每当这优美的旋律响起，我的身心就会融入一种温馨浪漫的情调中。寒冷的冰雪被隔挡在门外，音乐似汩汩清泉流淌于心田。我会追忆起那流逝的岁月，也是在这样一个幽静的夜晚，在银色的小河边，在开满鲜花的草坪上，牵了你的手，相对两依依。我知道你也喜欢这支歌，你曾经唱给我听，唱得是那么深情，那么投入。后来还录了音，并把磁带寄给我。

多少次，我遥望南方，遥望长江边那座开满映山红的小山，默念着你的名字；多少次，我在你空灵素雅的诗行中，寻找着自己的影子，品味那份感动。我们通过书信锤笔练墨，妙裁辞章；我们诗文应答，互诉衷肠；我们一起编织五彩的梦，灿烂的星空、山花的芳香、松涛海韵、雾霭虹霓……，你我徜徉其中，哼唱着"小河静静流，微微泛波浪……"

曾为你喜，曾为你忧，曾为你歌，曾为你舞，也曾经因为柴米油盐鸡毛蒜皮的小事留下伤心的泪水。然而走过了风风雨雨，经历了岁月的沉淀和淘洗，我们收获了更真的情，更纯的爱。我期盼着有一天，能走进那歌里。不再流相思的泪，不再品孤独的酒。我想真真切切地拉了你的手，听你用浑厚的男中音在我耳边轻唱："长夜快过去，夜色蒙蒙亮，衷心祝福您好姑娘，但愿从今后，你我永不忘，莫斯科郊外的晚上……"

然而我知道，这个愿望还遥遥无期，在那片神秘而苍凉的大山里有你的坚守和理想。

"十五的月亮照在家乡照在边关，宁静的夜晚你也思念我也思念。我守在婴儿的摇篮边，你巡逻在祖国的边防线。我在家乡耕耘着农田，你在边疆站岗值班……"又一曲熟悉的旋律，乘着清风，悠悠地飘来。在如水的月色中，在楼宇间屋梁上，在我柔软的心房里荡漾，久久地不绝于耳……

第五辑　良师益友

生命中的美好印记

　　或许人到中年的缘故吧，不再喜欢去嘈杂热闹的场合，更习惯一个人独处。静静地坐在沙发上，或者一个人走在宁静的小路上，思绪便会天马行空般地自由驰骋。那曾经的人和事如蒙太奇的镜头，一幅幅出现在我面前。有时是相关的人和事；有时是风马牛不相及的事物。但无论如何，这些都在我生命中留下过印记。而此刻，我的那些恩师们，正一个个走来——

　　刘章锁老师，我初中的数学老师。他高高的个子，清瘦而棱角分明的脸庞。经常穿一件洗得发白的中山装。讲课时，习惯伸出两个顾长的手指，上下比画着，生动而形象。老师治学很严谨，他上课时，即使最调皮的学生也会收敛一下，不然会遭到他严厉的批评。我喜欢听他的课，常常被他条理清晰，逻辑严密的讲解所吸引，思维也异常活跃起来。初中的两年里，几乎没有什么数学题难倒我。所以频频得到老师的表扬。刘老师还喜欢拿自己的得意学生向其他班级的老师炫耀，如此我成了全校师生瞩目的学生，仿佛走到哪里都有钦慕的眼睛。赞美是最好的激励手段。我以极大的兴趣吮吸着知识的营养，学得快乐而轻松，成绩也一直遥遥领先。

前不久，我专程去看了刘老师。令我惊讶的是，他已于五年前患上了脑血栓。我推门进去，见他躺在床上，头发稀疏了许多，脸色显得很苍白，只有那熟悉的眼眸依然闪动着睿智的神采。我们已经近20年没见面了，我叫了一声老师，他竟一下子认出了我。老师说话很吃力，且含混不清，但我从那断断续续的话语和慈祥的眼神中，依然感觉到他对我的关爱。我多么希望他能好起来，多么希望能再次听到那朗朗的说话声啊。可这只是一种奢望了。我怀着沉重的心情离开他的居所，并暗暗嘱咐自己，一定抽时间多来看看老师。

李爱国老师，我高中的语文老师。高一下学期，他走进了我们的教室。李老师矮矮的，貌不惊人。可一堂课下来，他的形象在我脑海里豁然高大起来，仿佛一个知识渊博的巨人，让我仰慕不已。他的课旁征博引而不偏离主题，娓娓道来又时出惊人之语。听他的课，简直就是一种艺术享受。我语文基础不好，不会写作文，他就经常把自己搜集的范文给我看，尤其是他精彩的批语，激发了我写作的热情。后来还真的写出了几篇像样的文章，并被老师当作优秀范文读给大家听。从那儿以后，我喜欢上了文字，并影响了我的一生。记得当时很珍爱我那作文本。老师漂亮的字迹不仅是书法精品，又是指导我写作的箴言。可后来不知道是丢在了路上，还是被喜欢收藏的同学"偷"了，那写着老师密密麻麻批语的作文本竟不翼而飞，让我心疼了好一阵子。为了弥补上学时的遗憾，1998年我迁入新居时，求得老师墨宝一幅，至今挂在客厅。老师喜欢激励人，但一般不会那么直白地表扬你，而是如春雨润物，含蓄而隽永。记得高考前，我和另外两个同学被选送到重点学校重点班集训，他赋诗送我们：一行为伍整三人，情同手足赴安新，兵精自有豪气在，捷报飞时慰众心。

郑恩柱老师，我高中的数学老师，毕业于名牌大学。因为成分高，分到了这偏远的水区。郑老师仪表堂堂，典型的学者风貌。他把枯燥的解析几何讲得趣味横生。第一学期，我的数学成绩是 100 分。可惜他只教了我不到一年就被别的学校挖走了。老师为人很实在，对学生也是如此。记得学校附近有个小池塘，知道老师远离故乡，我们几个女同学就织了一条渔网，让他业余时间捕鱼解闷。可他执意要给我们钱。我们不要，他就给我们每人买了一条纱巾，其价钱远远超过那渔网的价值。后来老师调回了天津老家。前几年师母要办工龄续接手续，老师打电话给我。好不容易有了报恩的机会，我一口答应。老师打电话说，办手续一定花钱请客了吧？我连忙说："没有，这点小事举手之劳，还用花钱吗？"我生怕老师像当年那样寄钱或买礼物给我。

袁其欣老师，我师范时的老师，那是我所见到的外表与心灵完美结合的女性典型。她优雅的举止，声情并茂的讲课，超凡脱俗的处世之道，以及深厚的文化底蕴给我留下了深刻的印象，也潜移默化地影响着我。我毕业后，她竞聘当了校长。可天有不测风云，袁老师在天命之年竟患肝癌离开了人世。噩耗传来我流下了伤心的泪水。

还有许多老师，诸如神采奕奕博闻强记的班主任吴俊三老师，博学儒雅的王俊山老师，专业精湛的王振国老师，慈祥和蔼的董学文老师等，都在学生时代给予了我很多教诲和帮助。

人生如梦，岁月无情，我的老师有的病了，有的走了，留给我的只有美好的点滴回忆，我记下这零星的片断，是对老师的感恩，也是对自己的安慰。那些健在的老师，大多也已步入老年，在需要的时候，我会尽绵薄之力回报他们。我希望我敬爱的老师们健康快乐地生活，我在心底会永远祝福他们。

一座文字的丰碑

——读余秋雨先生作品集有感

　　看过余秋雨先生的《文化苦旅》后，心中便有了拜读他其余作品的渴望。几天前偶有闲暇，去了附近的一个小书店，一眼看到书架上摆放着的《余秋雨精品集》。我如获至宝，急忙买下。

　　《余秋雨精品集》收录了《文化苦旅》《借我一生》《千年一叹》等五部散文集。回到家里，我跳过《文化苦旅》，便迫不及待地从《借我一生》开始读下去了。

　　《借我一生》是以散文笔调构筑的一部家族史诗。他以凝重的笔墨写了父亲、母亲及自己的经历，特别是对"文革"那段历史的描述，仿佛一幅逼真又苍凉的历史画卷，把我带到了那个不堪回首、不可思议的特殊年代。作品中有这样一段话给我留下了深刻的印象："这显然是中国源远流长的文字狱在现代的变种，可称为大批判文化。这种大批判文化一旦与前面的大揭发风潮相遇合，其效果近似于核裂变。大揭发有本事把一丝风影说成铁证，大批判有本事把一声咳嗽判成大罪。结果他们一联手，天下任何人都有可能快速成为元凶巨恶，窃国大盗，杀人狂魔。"我想，读着这样的文字，每个从那个年代走过的人，都会惊叹余先生深沉的思索和形象的描述。当时我是轻叹了一声的：真乃如椽巨笔！

余先生的叔父因为说了一句《红楼梦》是一本优秀的古典名著而被游街。在求告无门的情况下自杀。余先生的父亲是个普通工人，在"文革"中也莫名其妙地被关押，被停发工资，当时余先生一家陷入极端窘迫的境地。他用冷峻的笔墨记录了这段历史，让我们再次感受了那场灾难的恐怖，进而更深入地思考一些值得我们民族记取的东西。

《千年一叹》是日记体散文集。记录了余先生随香港凤凰卫视"千禧之旅"越野车队跋涉四万公里的经历。在这次旅行中，真的是惊心动魄。许多路荒草凄迷，战壕密布，特别是在中东一些国家更让人胆战心惊：宗教极端分子杀死了几十个外国游客，三十多个警察刚被贩毒集团杀害。就是这样恶劣的环境中，余先生完成了他的旷世杰作《千年一叹》。他把希腊神话故事、埃及金字塔、侯赛因陵寝，汉谟拉比法典的价值、耶路撒冷的冲突，泰姬陵的圣洁娓娓道出。在叙述中，引经据典，谈古论今，挥洒自如，引领我们品味文明古国曾经的辉煌，体悟其衰落的原因，反思中华民族历经风雨而生生不息的缘由。笔端饱蘸着炽烈的民族自豪感，字里行间充盈着超越千年的睿智哲思。

而最令我钦佩的是他那支常人无法企及的文笔。他犹如一个技法高超的画家，或勾皴点染，或浓墨重彩，都恰到好处。阅读他的作品，目之所及都是思想的珠玑，俯仰之间皆是语言的精华。我经常被他华美凝重的语言深深吸引，并禁不住提笔记下几行："一切物象都比赛着淡，明月淡，水中的月影更淡，嵌在中间的水脉本应浓一点，却也变成一痕淡紫……水天之间一派寥廓，不再有物象，更不再有细节，只剩下极收敛的和谐光色，我想如果把东山魁夷最朦胧的山水画在他未干之时再用清水漂洗一次，大概就是眼前的景色。"这是《千年一叹》中描写黑海边耶路撒冷的景物的。"把朦胧的山水画漂洗一次"，这是多么奇妙的构思！

在赞美约旦国王侯赛因的柔性政治手腕时，他这样写道："可以说他长袖善舞，但他甩动的长袖后面还是有主体，有心灵的。人们渐渐看清，他多姿多彩的动作真诚地指向和平的进程和人民的安康，因此，已成为这个地区的一种理性平衡器。"寥寥数语，一个机敏睿智，以保国安民为己任的政治家的风采已经跃然纸上了。

读完《借我一生》和《千年一叹》，我不禁掩卷沉思：余先生是一位思想的巨人，他将自己对历史的思考，对文化遗迹的考察，对人生的感悟熔铸在理性思维中，渲染出一种生命的理想境界；余先生是知识渊博的学者，他通晓那么多文化典故，引经据典如数家珍；余先生更是语言的大师，他落笔如行云流水，舒卷之间灵秀激溅。正是深沉的哲思加上多彩的文笔和渊博的学识，使他的散文如灿烂的朝阳，辉映在神州大地，并辐射整个寰宇。我惊叹，同样是横平竖直的汉字，在余先生笔下为何能有如此强大的表现力。难怪有人惊呼：大哉斯文，大美为美！我想，这一切离不开他长久的文化积淀。

据说，《借我一生》是余秋雨先生告别文坛之作，不知道是真是假。但我想，余先生走了那么多路，读了那么多书，就此罢笔真的很可惜。但无论如何，他的作品已经成为一座丰碑，成为这个时代的文化精品。

我翻开书页，继续陶醉在他墨香飘逸的文字瀚海中……

做生活的有心人
——听马德伦讲座有感

　　马德伦，一个在全国人行系统并不陌生的名字。我曾先后两次听他讲座：一次是在郑州的培训中心；另一次是在近期的女职工大讲堂（视频）。马老以自己的人生经历为主线，娓娓道来。平实中蕴含着智慧的锋芒，诙谐中透视出理性的光辉。与其说他是在即兴地挥洒，不如说，这是他几十载生命积淀而成的人生感悟。听他的讲座，可谓如沐春风，如饮甘霖……

　　马德伦从一个吉林财贸学院的大学生、一个吉林市人民银行的普通员工，成长为人民银行总行的副行长、研究员，其原因是多方面的。但我认为关键的一点：他是生活中的有心人。他善于观察，善于从纷繁复杂的表象中去粗取精，总结出规律性的东西。早在青年时代，早在吉林市人民银行时，他就敏锐地发现了银行资金运营中的问题。而正是对这个普通人最易忽视的问题进行了深入思考和研究，并写成文章见诸报端，从而引起了省行、总行领导的注意，由此调入总行。有朋友问他调总行花了多少钱。他答：没花一分钱。是机遇偏爱钟情于他，还是他的"有心"赢得了机遇，不言而喻！

在人民银行总行，马德伦如虎添翼，在不同的岗位上谱写着不平凡的人生。他历任央行办公厅、条法司、政策研究室处长，人民银行政策研究室副主任、办公厅主任、外汇管理局副局长、行长助理、副行长等职。在这些岗位上，他继续做着"有心人"。他先后提出："以制度性措施管理商业银行现金服务""建立更公平的国际金融秩序，照顾发展中国家利益""创新是金融发展的不竭动力""人民币升值外部压力不大""防止流动性变化影响资产价格""民营银行的出现将改变市场格局"等许多新观点，为我国金融业稳健运行和经济繁荣发展做出了贡献，也奠定了他在金融界的权威地位。2008年，一位记者曾对他写下这样的评价：他关注的视角从直接融资到金融市场发展，到货币政策，每一项都抓住主线，并且观点鲜明。他既是发展直接融资的坚决支持者，又是金融市场加快发展的呼吁者，同时，他又在市场倍加质疑的时刻，明确抛出"货币政策不针对股市楼市"，为市场注入了稳定剂。

当然，马德伦的"有心"不仅表现在工作中，也体现在他生活的方方面面。他收藏着20世纪60年代下乡时的记工本。上面记录着他每天的工作：铡草、伐木、播种、收割，也记录着当时每个公分的分值，可说是当时中国经济的一个缩影。他保持着和乡亲（下乡所在地）的联系，逢年过节会打去问候的电话；他对机关服务人员非常关心，并与之建立了深厚的友谊；他甚至对火车上偶遇的年轻人进行岗前教育和指导；他在国际交往中为祖国赢得了荣誉。他曾语重心长地在青年座谈会上讲话，也曾热情洋溢地在"三八节"致辞。我把马德伦副行长"三八致辞"中的一小段录于此，与大家共享："女士们，星空下的月光，是你们的柔情；夜晚的星星，是你们的眼睛；东方的朝霞，是你们的笑容；和煦的春风，是你们的细腻；淙淙的溪流，是你们的漫语；高远的蓝天，是你们的清纯；平静的大海，是你们母爱的深沉；摆动的柳枝，是你们的婀娜；盛开的玫瑰，是你们的美丽；绚烂的霓虹，是你们的风采。"

多么优美的语言，多么形象的比喻，多么富有激情的鼓励。这就是马德伦：一位才华横溢、充满人格魅力的领导；一位用睿智的眼光，对生活、生命进行着理性思索的智者。我想说：学习马德伦、研究马德伦，你会受益匪浅！

将军本色是诗人

他，谦和的谈吐中蕴含着智慧，儒雅的外表下透露着慈祥。在我看来，他是一位令人尊敬的领导，更是一位学者、一个阅尽人间万象的良师益友。

初次见面，我和我的朋友都有些拘谨。或许察觉了这一点，他没有像许多身居要职的领导那样板起面孔，而是微笑地问起单位职工的生活情况，并不时地注视着我们。他的眼眸里有一种特别的亲和力，一下子就拉近了我们之间的距离。在轻松愉快的氛围中，他不仅谈到地方乃至全国的经济运行态势，还谈起了李白、杜甫、白居易、老庄、曹雪芹以及《红楼梦》《三国志》等。他娓娓道来，绝没有空洞的理论说教。他有着对世间万物的敏感体察，话语中洒满真理朴素而又寂静的光辉。他对绵延千年的中国历史有独特的视角，而他的领导理念、施政方法以及处世哲学就潜藏在这一个个历史人物和典籍中。我们在不知不觉中受到了感染和熏陶。

早就听说他的书法不错，坐在我旁边的朋友提出请他写幅字。我担心会遭到拒绝而尴尬，他居然欣然提笔，很快为我们每人写了一幅字。当那优美的字跃然纸上时，我感到惊讶。虽然不少居官者能写两笔，但往往是"名人书法"，字因人而名贵。而他算得上真正的书法家。那字遒劲有力又不失灵动洒脱，而且章法很好：疏密有致、张弛有度。有一种大气厚重而不张扬锋芒的浑厚品格。若非多年的文化积淀、性情历练，是写不出这样的字的。他为我写了李白的《望庐山瀑布》，只因对其中的一个字不满意，就重写了一遍。其认真谦逊的态度，让人很难想象他就是一位有着多年从政经验、政绩斐然的领导。

我欣赏那些不是靠权力，而是靠人格魅力享有崇高威信的领导者，如周恩来等；我崇敬那些不仅有领导才华，而且学识渊博的政治家，如毛泽东、陈毅等。我渴望遇见一位这样的领导，我梦想在诗意的环境中工作和生活，没想到多年的企盼竟然是"寻寻觅觅，凄凄惨惨戚戚"。今天的相遇，可说夙愿得偿。

看着他挥洒自如的笔锋，我想起了郭沫若《赠陈毅同志》诗中的前两句：一柱天南百战身，将军本色是诗人。

108

梅花香自苦寒来

母亲出身书香门第，她酷爱字画，喜欢在墙壁上悬挂一两幅。虽不是出自名人之手，也清雅美观。受母亲影响，我也喜欢欣赏把玩这些东西。周日闲暇，同学约我去几十公里外的陈先生家求字，我便欣然前往。

汽车在蜿蜒的柏油路上行驶了半个小时后，到达了陈先生的住宅。那是一处幽静的小院，时值隆冬，看不到花草，但很整洁。房子高大宽敞，客厅足有五十平方米，墙壁上挂着名人字画，地板上铺着一条长长的毯子，家人说是用来垫纸写字的。我们喝完一杯茶的时候，陈先生从外边匆匆赶了回来。他看上去大约六十岁，高高的个子，清瘦而俊朗的面庞，就像书里描述的文弱书生模样。我心里嘀咕，如此清瘦的人何以写出那么刚劲有力的字呢？

陈先生的字是远近闻名的，我曾多次在书画展览会及朋友家看到过，但亲临现场，目睹他挥毫泼墨还是第一次。只见他把一整张宣纸铺在毯子上，半蹲在地板上，用毛笔饱蘸墨汁，勾指回腕，一挥而就，那硕大遒劲的字就跃然纸上了。同去的两位同学讨得一个"虎"字，一个"龙"

字。那"虎"真的是虎虎生威，气魄宏大，力透纸背。那"龙"犹如蛟龙出海，纵伸横逸，笔锋洒脱，呼之欲出。我喜欢横幅，故而请陈先生写了王安石的梅花诗，顷刻之间，一幅张弛有度，轻重相宜，疏密有秩的诗就写成了。那字行草兼备，气韵飞动，恰如徐悲鸿所说："有如音乐之美。点画使转，几同金石铿锵。"

我不禁赞叹："这字好看，章法也极讲究。"或许陈先生感觉我是粗通文墨的，堪称知音，又挥笔写了"梅骨"二字赠我，取意"梅的风骨"。细细品味，那中锋如梅花的虬枝，侧锋则如点点梅花傲立枝头，神远意畅，让人爱不释手。

到午饭的时间了，我起身邀陈先生去酒店吃饭，想趁机和先生继续探讨书法之精妙。可惜邻居家办喜事，请他去帮忙，我们只好告辞。陈先生送到院中，突然想起什么，又兴致盎然地带我们参观了他的地下室。地下室很宽敞，几乎没有什么陈设，但中厅有一个水桶，一支手腕粗的毛笔放在桶边，原来陈先生每天用毛笔蘸水在水泥地板写字。我慨叹：先生的书法之所以达到出神入化的境界，其谜底就在于此。

写字如此，做任何事情也是同一个道理。回家的路上，我想起了冰心老人的那句诗："成功的花，人们只惊羡她现时的明艳！然而当初她的芽儿，浸透了奋斗的泪泉，洒遍了牺牲的血雨。"是啊，梅花香自苦寒来，成功的路没有捷径可走，唯有汗水和辛劳。昔日闻听王献之写完十八缸水的故事，尤将信将疑，今日得见陈先生，方信其真。

快乐的使者

惠是与我同学时间最久的一个，小学、初中、高中都在一个班。她长着一双会说话的眼睛，举手投足间神采奕奕顾盼生辉。加之粉白的皮肤得体的修饰打扮，不仅弥补了个子略矮的缺陷，而且彰显了她的聪明干练。

惠自小能歌善舞。初中时，班里排练一个歌舞剧《小炮兵》，老师挑了几个清秀的女生伴舞。排练时老师觉得那几个女生表演不到位，就让旁边观看的惠试一下。谁料惠的舞架子一拉就得到了老师的首肯，随之当了领舞领唱。

惠最可爱的地方是她那幽默乐观的性格，有她在的场合就会笑声不断。她那别出心裁出乎常人意料的笑话常常使人忍俊不禁。

婆婆寿终正寝的那天，村里来吊唁的人很多。每有人来，妯娌几个都要陪哭。从早哭到晚，眼泪都流干了。惠心想，婆婆的遗体要停留五天，这样哭下去，活人都受不了呀。她擦了一下眼睛，一本正经地说："别哭了，别哭了！我和你们说点重要的事情。人死不能复活，关键是活着孝顺，死了让她走得安心。我们整天哭哭啼啼，她老人家走得能安心吗？这样吧，我出个节目让老妈高兴一下。她生前最喜欢听我唱京剧，我来段《花为媒》怎么样？以花为媒，让老妈在那边找个比老爸还好的对象。"说着就边表演边唱了起来。看着她眉飞色舞的样子，全屋的人破涕为笑，沉闷的气氛冲淡了许多。

婆婆走了，妯娌几个商议给公公找保姆的事。其中比较啬酱的一个妯娌考虑到出钱的问题，不大同意请保姆。惠如果带头说同意请保姆，肯定落得出头争先的名儿。于是她那幽默劲儿就起作用了。她笑着举起手说："我先表态，孝敬老人天经地义，这责任谁都不能推卸，该出多少钱我都出。可有一样，最好请男保姆。如果请了女的，说不定会给我们生个小叔子呢。将来公公百年了，我们也老了，谁给小叔子张罗媳妇啊。"妯娌几个笑得眼泪都出来了，请保姆的事情也在笑声中敲定了。

惠有天生的幽默基因，这样的笑话张口就来。女儿时常央告她：妈，你别说了，我笑得肚子都疼了。

惠是个很爱美的人，每次出门前，都精心打扮。来我家的时候，她就拿出我的衣服一件件地试穿着，还在客厅里来回走着模特步，引得几个女同学捧腹大笑。惠给人的印象总是那么阳光，那么快乐。其实，她也不是没有苦恼。惠是长女，当厂长的父亲在她结婚第五个年头就去世了。留下了朴实的母亲和未婚的弟弟妹妹们。她要照顾好母亲，还要操心弟弟妹妹，尤其是前年小弟的婚变，让她煞费苦心。她曾对我说，因为弟弟的事，她偷偷哭了好几次。但哭过之后，她依然转动着那双美丽的眼睛笑着。她说自己是快乐的使者，她愿意带给人们更多的欢笑，不想让朋友为她苦恼、愁闷。

惠如今随丈夫在京城做生意，闲暇的时候就去老舍茶馆唱京剧，那地道的张派唱腔时常引得满堂彩。一次来我家，我请她在 UC 房间唱了一段，网友当场录下并发到了播客上，点击率很快就超过了 3000 人次。惠也经常逗朴实的丈夫开心。她说四个字的名字洋气，称丈夫为日本浪人。我说："他是日本浪人，你聪明又美丽，就叫千岛美惠子吧。"她欣然接受。日本浪人的名字没有传开，千岛美惠子却在同学中沸沸扬扬地叫起来了。

酸涩的爱

同学艾的父亲去世了，我去凭吊，在灵棚前遇见了艾的前夫枫。只见枫跑前跑后地张罗着，俨然一个主人的样子。艾小声告诉我，枫昨天去大连谈一笔生意，听说父亲去世的消息，半路就匆匆返回了。

说起来，艾和枫是有感情基础的。虽是通过媒人介绍相识的，但两人一见倾心，开始了浪漫的热恋，当时引来许多羡慕的眼光。婚后生有一儿一女，都聪明可爱，小日子过得红红火火。为了让老婆孩子过上更富裕的生活，枫辞去工作，进京做开了生意。

两年后，枫那颗驿动的心也迷失在都市的灯红酒绿中。他结识了一个东北女子，很快就如胶似漆，随后向艾提出了离婚。其实，艾是蛮配得上枫的，不仅善良能干，而且有着袅娜的身材姣好的面容。可有些男人的喜新厌旧是与生俱来的。在孤独痛苦中，艾忍辱负重抚养两个孩子，照顾年迈的公婆，等待着丈夫的回心转意。经历了十年的婚姻纠葛，艾的眼泪也流了十年。在和好无望的情况下，两人协议离了婚。

或许是距离产生美，或许是枫内心的愧疚感，或许是那个众人熟知的"失去了才意识到可贵"，离婚后的枫反而对艾和孩子们多了几分关心。不仅每月及时送来生活费，还找各种借口回来看艾和孩子们。每次都给艾放下一些钱，说是给孩子们的零花钱。当艾问他过得怎么样时，他喏喏地说："还好，我已经伤害了一个女人，不能再伤害另外一个女人。"

　　时代进步了，从挚友艾的身上，我感到那种"不成亲就成仇"的观念在逐步淡化。我理解她，也为她的宽容感到高兴。在她的言谈中，听不到对枫的怨恨，而从那幽幽的语调中，我却感觉到她对往昔生活的留恋，对前夫的柔情，当然也掺杂着更多的酸楚。或许正是这个原因，她拒绝了许多好心人的提亲。女人啊，真的是善良的化身，善良得近乎傻。

　　灵棚里前夫的出现，对正在经历失父之痛的艾来说，或许是一种安慰。然而，曲终人散之后，她会不会陷入一种更深的孤独和伤感？我又不禁为她的未来担忧起来。一个人毕竟不能永远活在对往昔的回忆中，也不能永远活在梦境里。我希望善良的艾尽早忘却过去，找到一个好的归宿，找到一份只属于自己的真爱。这爱是纯正的甜，没有一点酸涩。

　　（后记：此文写于 2007 年 10 月，之后大约过了两年，艾再婚了，且婚后生活一直很幸福。她的现任丈夫敦厚善良，才貌双全。而促成这桩美好姻缘的月下老人就是本文作者。）

第六辑　人生感悟

笑谈古今事

　　"滚滚长江东逝水，浪花淘尽英雄。是非成败转头空。青山依旧在，几度夕阳红……"这是一首豪迈、悲壮的大气歌。他唱出了英雄豪杰功成名就后的失落孤独，又蕴含着哲人隐士对名利的淡泊轻视。

　　第一次听到这首《三国演义》的片头曲，心里就产生了一种强烈的震撼。仿佛热血在胸中奔腾，仿佛激情在心海咆哮。那雄浑高亢的曲调，让我感觉到一种悲壮的美；那厚重沉郁的歌词，表达了一种洞悉沧桑后的豁达与睿智。杨洪基富有磁性的演唱，又使之达到了一种气势逼人的完美境界。

　　每当这优美的曲调响起，我的眼前就会浮现出一幅幅动人的画面。那叱咤风云的英雄豪杰，随着狼烟战鼓一个个从尘封的史册中走来。美髯飘飘，千里走单骑的关云长；横枪立马眼圆睁，长坂桥头一声喝，独退曹家百万兵的张翼德；羽扇纶巾、神机妙算的诸葛孔明。我穿越时空的隧道，默默地与他们对视，探寻着他们的凛凛豪气，感受着他们的磅礴胸臆。

岁月无情，千秋伟业转瞬成空。英雄何在？只有荒丘下的一抔忠骨。这是看破红尘的悲叹，是参透世事的顿悟。是对人生易逝的伤怀。现在看来，这思想无疑是消极的。然而，或许正契合了我内心深处的某种东西，这声音就像一种神秘的韵律在心中滑过，引领我超脱于世俗之外，安顿于宁静与淡泊。

记得有一次，我站在长江的渡轮上，曾哼唱过这首歌。当我面对滚滚长江，细细品味这词这曲时，恍然有了一种醍醐灌顶茅塞顿开的感觉。我心中的共鸣是如此强烈！天空是那么高远，大地是那么广博，青山逶迤，夕阳依旧，而自己只不过是天地间的一只蜉蝣，一粒尘土，功名利禄是什么？是非成败又有何用？都是过眼云烟。我只将自己融入大自然中，享受这清风明月，聆听这桨声涛声。

如果说杜甫的"无边落木萧萧下，不尽长江滚滚来"是睹景抒怀，那么杨慎则是用自己一生的感悟熔铸了这词。杨慎有着太多的人生感受，他12岁作《古战场文》《过秦论》，被称为神童。明正德六年以一个官宦子弟的身份高中魁首，可由于直言敢谏，获罪于世宗，所以72岁的生命却有35年在边地戍所。悲苦坎坷的经历使他参透了人生，从而写下了这首《临江仙·滚滚长江东逝水》。

"白发渔樵江渚上，惯看秋月春风。一壶浊酒喜相逢。古今多少事，都付笑谈中。"杨慎在饱经沧桑后，悠然做到了"笑谈古今事，坐看云起时"。此刻，我仿佛看到了一个银髯老者在谈古论今。他飘逸洒脱，面带微笑。他缓缓而谈，言语间充满智慧的光芒。一叶扁舟，一轮明月，一壶浊酒。微风习习，清莲飘香。而我就是坐在他对面的一个童子，我在静静地聆听，默默地思考。

长江水在永不停歇地奔流，这朗朗的谈笑声穿越时空在青山夕阳下久久地回荡……

人生如歌须珍惜

昨日同学小聚，饭桌上觥筹交错，笑语轩昂。酒酣之时，相互端详一下，男同学的头发开始谢顶，女同学的眼角有了不太明显的鱼尾纹，突然间大家都觉得自己老了。于是唏嘘感叹，怨时光流逝，韶华不在。好在虽容颜已变，不老的是我们那跳动的心。

同学松一向看不惯江的处世之道，哈哈笑着抛出一句：你不就是一个"天文学家"吗？兰故意问一句，怎么讲？我正担心江下不来台，他竟然不恼，接上一句，"他在说我是望天猴，只往上看。"哈哈，笑过之后，我佩服松的幽默，也对江有了几分好感。是啊，每个人都有自己的活法，要么清高脱俗，不卑不亢；要么攀龙附凤，曲意逢迎；要么平淡如水，不慕虚荣。调侃也罢，看不惯也罢，都随风而去吧。

同学兰的丈夫是个文人，喜欢舞文弄墨，最近又开始玩古董。吃过饭，把我们请到他家，拿出珍藏的瓷器一个个给我们看，什么乾隆年间的，康熙年间的。青瓷、白瓷、黑瓷、彩瓷等，说得头头是道。我不懂古玩，只是惊叹他何以能对着在我看来毫无光泽的破瓷器，说出这么多赞美的话，珍爱之情溢于言表。我忽然想起近日朋友发到博客的青花瓷碗图片，就打开电脑，说我也有一个宝贝，你来看看是哪个年代的？他竟然一再追问我是否保留着这碗，要一睹为快。

兰说，曾经极力反对老公玩这些，只是经常被他的溢美之词环绕着，近朱者赤，久而久之，突然有一天感觉这些破瓷器怎么看怎么好看，也就成了忠实的听众和支持者。松又抛出一句：据说，骗子都是从欺骗家人开始的。我大笑着说："你这人，怎么时出惊人之语？"他眨巴一下眼睛说："更惊人的我还没有说呢！你不知道吧？上学的时候，我们都暗恋你，衣带渐宽终不悔，鹏为此还瘦了30斤呢！情书等身，就是没敢给你，那时怎么看你都像一个骄傲的公主。咱老兄如果改收藏情书，一定比玩古董更发财！"这家伙真是贫嘴。

"去歌厅吧！"有人提议。去就去，反正也没外人，都是平时来往很好的同学。于是我们到了歌厅，没想到英的歌喉竟那般嘹亮，一曲《青藏高原》声震四座，赢得满堂彩。我唱不好，因为在单位经常组织活动，舞还是会一点的，所以频频得到男同学的邀请。一曲终了又一曲，舞姿轻盈而曼妙。看着这一张张不再年轻的脸，听着他们沉稳深刻的谈吐，刹那间感觉有一种特别的美，那是一种成熟的美，一种深邃的美，就如陈年老酒，历经岁月的沉淀、时光的打磨，越久弥香了。

回家的路上，有家店铺正播放着邓丽君的歌："小城故事多，充满喜和乐。若是你到小城来收获特别多。看似一幅画听像一首歌，人生境界真善美这里已包括。"

是啊，人生就是一幅画，一首歌。人生又如一轮骄阳，青春有青春的风采，中年有中年的神韵，老年有老年的余晖，无论哪个阶段，都值得我们好好珍惜。

生活处处是鲜花

很喜欢花，尤其喜欢盛开在田野里的大片野花。因为她们不受花池的拘束，没有人工的雕琢。以蓝天为背景，以大地为家园，开得茂盛，开得洒脱，开得天然。

小时候，和伙伴们去野外玩耍，喜欢用柳枝编成一个环状，然后把野花缠绕在上面，做成花环。戴在头上，便觉自己是最美的女孩了。可惜北方的野花品种很少，且多为草本，如喇叭花、苦菜花之类，采下来过不了多久就枯萎了。所以你只能静静地观赏。我更喜欢的是一种叫不上名字的小花，她的枝条较北方其他野花坚硬，类似木本植物。这小花在北方极为普遍，形状酷似葵花，但比葵花小多了，只有铜钱大小。淡紫色的花瓣环绕着米黄色的花蕊，色彩协调而艳丽。每到夏季，她盛开在田野里、小路旁，团团簇簇，翁翁郁郁，飘着一缕清香，透着一种质朴。无声无息地装点着大地，美化着人类生活的环境。她不需要播种，也不需浇灌，生命力极强，真可谓"野火烧不尽，春风吹又生。"

人到中年，对小花的爱恋一如往昔。盛夏郊游回来，我总忘不了采摘一束，插在花瓶里，放在客厅的茶几上，于是洋溢着现代气息的房间便平添了几分田园的色彩。看着眼前的野花，我心中溢满温馨，那些烦恼，那些不快都被花香冲淡了。我会忆起曾经让我感动的人和事，还会情不自禁地想：生活真的很美好。

其实，生活中有许多美丽的画面，就如这随处可见的野花。葱绿的群山、蓝色的海岸、广袤的草原、洁白的云朵，还有叽叽喳喳玩耍着的孩子，哼着小曲织网的渔家女子，夕阳下走来的一对银发老人，席地而坐聊兴正浓的人群等，可说美无处不在，生活处处是鲜花。只要我们用心去发现，并享受种种美好的东西，生活便会快乐而充实了。

朋友，学会发现美，学会享受美，让我的小花盛开在你心灵的每一个角落吧！请相信，你的生活也会如花般美好了，你也就拥有了一个幸福的人生。

深山里的感悟

　　女儿两个月的时候，我休产假随丈夫去了部队。那是农历的正月初十，北方刚刚下了一场大雪，原野上银装素裹，白茫茫一片。可到了远在庐山附近的部队所在地，却丝毫感觉不到冬的气息。山上郁郁葱葱，各种花草树木比赛着茂密和苍翠。山涧一泓碧水缓缓流淌，澄澈清冽。我环顾四周，仿佛置身在一幅优美的山水画屏中。

　　家属区依山而建，几幢房子呈梯次排列。我们就住在了山顶的一套房子里。丈夫很忙，晚上下班才能回家。我每天做饭、带孩子，过起了家庭主妇的生活。家属院的几个女主人与我相处得非常好，她们把自己种的新鲜蔬菜送我，还教会我织各种图案的毛衣。周日的时候，三五成群的战士会来我家做客。大家齐动手，炒几个菜，然后边喝边聊。看着他们快乐的样子，我微笑着，并连声应答着他们嫂子长嫂子短的呼唤。

　　可随着时间的流逝，我渐渐感到了一种孤寂和冷清。白天，随军的家属都去上班了，很少见到人影。我经常抱着孩子坐在石阶上，如果远远看到有人自山下而来，女儿就会晃动着小手，表达着她的兴奋和快乐。

在这多见树木少见人的深山里，我突然产生了一种离群索居的孤独，一种想与人交流而不可得的苦闷。或许是因为审美疲劳吧，感觉周围的山也没有了刚来时的清新明媚，处处透着冷漠和苍凉。

山风从耳边呼啸而过，几声蛙鸣更衬托出山的寂静。我坐在石阶上默默地想：这里或许是绝美的旅游胜地，但绝对不适合久居，因为人是社会的，需要交流，也渴望享受现代生活和现代文明。进而我想到了那些战士们，他们每天除了艰苦的军事训练还要担负着运送军事物资的重任。他们在这里一待就是几年、有的甚至十几年。他们中许多人来自大都市，看惯了城市的灯红酒绿、车水马龙，会习惯这里的生活吗？会想家吗？后来我曾问一个入伍一年的小战士，他以极其朴实的语言回答："想啊，怎么能不想家呢，可我是军人，我必须服从命令。"

小战士的话感动着我，我意识到应该为这些可爱的战士做点什么。我热情地为准备考军校的战士补习功课；南方孩子舌面音和舌尖音不分，偶有闲暇我就辅导随军的孩子们学拼音；周日我会为前来串门的战士做上几个可口的菜。我和他们结下了深厚的友谊，我成了名副其实的军嫂。休完假返回家乡的那天，战士们乘卡车送我到几十公里外的车站，还把亲手采下的一大束映山红送给我。

一晃十几年过去了，因为工作忙，我再没有去过曾经生活了半年的山坳，但一直惦记着那里的战士们，默默地为他们祝福着。现在丈夫已转业。"铁打的营盘，流水的兵"，他们也大多转业或调到其他地方了。但我想，那里的山山水水会记住他们。那长长的石阶会镌刻下一批批以服从命令为天职，默默奉献着青春和汗水的战士们的足迹。

窗外那一片绿色

闲暇的时候，我喜欢站在窗前瞭望。从办公室的窗口朝远处望去，是一片原野。有风的时候，草木轻轻摇动，恰似绿波翻滚。看着这翠绿的一片，仿佛闻到了花的清香，草的气息，心也伴着花草的律动漾起一股清新和舒畅。

办公桌上的日历一页页翻过，原野上的植物绿了又黄了，黄了又绿了，变换着不同的色彩。我也在四季交替中消磨了青春年华，乌黑的发丝里悄无声息地染上了几缕白色的印痕。

遥想青春年少时，也曾满怀一腔热血，播种下凌云壮志。我幻想着当一个科学家，用智慧为自己插上腾飞的翅膀；也曾幻想成为一个出人头地、叱咤风云的政界精英，光宗耀祖，让父辈以我为荣。我努力过、奋斗过，可我却像这窗外的一株普通植物，重复着同类的经历：发芽、拔节、开花、成熟直至衰老。时光磨掉了我的理想，思维也变得麻木了，仿佛生命本该如此平平淡淡庸庸碌碌。女儿笑我：你们这样的生活我才不要呢，我要按照自己的想法生存。她的想法是什么，我不得而知。但我的心好像被重锤一击，突然感觉此生真的很平淡，平淡得如一棵草。我怨自己没有抓住那飘忽即逝的机遇，慨叹"千里马常有，而伯乐不常有。"

窗外，风轻轻地吹着，香椿树的枝条微微摆动，柔曼而轻盈。我自语道：她可知道过了秋天会凋零吗？她只是一株普通的香椿树，没有楠木的高贵，没有红柳的柔美，但她照样挺拔着自己的身姿，不卑不亢，生机勃勃，不也是值得敬佩的吗？再看远方的田野，茂密的绿色一望无际，那么博大，那么深邃。哦，我顿悟，尽管一棵树的生命平凡而渺小，但无数平凡渺小的生命构成了这葱茏的世界，这些个体也因此获得了永恒。

尽管我很平凡，但只要努力地奋争过，尽情地绽放过，那么这葱茏的绿色中就有了我的一份。如此，还有什么值得遗憾的呢？

丈夫的工笔画

丈夫有绘画的天赋，却阴差阳错地考上了军校。1991 年生病在海军总医院住了半年，出院后转业到地方党政系统。风风雨雨二十年，消磨了青春时光。

"知夫莫若妻"我知道丈夫不适合在官场。他为人朴实厚道，不擅奉承，没有"背靠大树好乘凉"的关系，难免会受到世俗的伤害。每每看到他愁眉苦脸或莫名其妙地生气时，我却束手无策，只能默默地想，他不该做行政，而应该搞技术。想劝他做点自己喜欢的事情，可丈夫是个出奇认真的人，干工作往往竭尽全力、追求完美，对自己几近苛责。如此，整日忙于工作，也就无暇顾及个人爱好。

暑假时，在我和女儿的鼓励下，他终于重操画笔，工作之余画了这幅牡丹图。画面看上去颇有气派，用的是大三尺宣纸。我不太懂画，不能以专业的眼光点评，但感觉色彩明丽，线条流畅，层次分明，立体感强，尤其是牡丹丛中的两只白鸽，栩栩如生，呼之欲出。挂在墙壁上，室内顿生暖意。而他则像十月怀胎一朝分娩后看着心爱的婴儿一样，长

128

久地端详着自己的画作，开心地笑了。我开玩笑着鼓励他："齐白石大器晚成，只要坚持不懈，俺家老辛也一定能夕阳红。"

看着丈夫的画作，我在想：高官厚禄固然可以光宗耀祖，惠及乡邻，但不是衡量每个人生命价值的唯一标尺。给世界留下一点痕迹，留下一点美感，又何尝不是生命的意义呢？就像登山，抵达峰顶固然可以享受"一览众山小"的快意，但不是人人都能抵达辉煌的极顶。故而不必都去参加登山运动。如果没有登山的捷径，又难以消受攀缘的苦闷，还不如悄然从山峦爬下，安顿于世间万象的浓荫中。

好在亡羊补牢，为时未晚。

笔名随想

　　今天朋友小聚，他们问起我的笔名"芳尊"之含意。每个人都有名字，乳名是父母所赐，反映了父母的喜好，承载着他们的一份慈爱。而笔名则是自己所取，那一个个优雅响亮的笔名，仿佛是信手拈来，实际上在相当程度上折射着一种思想，体现着一种文化品位，甚至寄托着一种理想和情感追求。

　　芳，芳草、芳花也，多形容女性。小时候读过《镜花缘》，记得书中有这样一个故事：武则天夺取唐朝的政权，改国号为周。一日游上苑，她下诏迫使园中百花在残冬大雪中开放。百花屈于女王权势，只好违时开放，唯有牡丹仙子不畏权势，不违时令，因而触怒了武则天，被贬洛阳。此所谓"众芳争艳我独尊"的由来。我不敢自比牡丹，但一直认为，一个人必须保持一份自尊，保持一身傲骨。在物欲横流的今天，这对于一个女子来说尤为重要。

　　我在单位任副职，兼任工会主席，因而经常有机会去县工会和县妇联开会或请示工作，也因此会偶尔旁听到一些女子的倾诉。她们之中有的和丈夫同甘共苦，好不容易创下一份基业，哪知腰包鼓胀起来的丈夫却另寻新欢，留给她们的只是一杯苦酒。何去何从呢？死死缠住他，保留一份貌合神离的婚姻吗？事实证明，这样做是不理智的，有的因此被已不再爱自己的丈夫大打出手，致使身心受到更大的伤害。俗话说：强扭的瓜不甜。既然他已经不爱你，如果感情已没有修复的可能，保留一份自尊，活出一份潇洒，争取自己应该得到的，擦干眼泪，决然地离开他，这才是最明智的选择。

所以，每每遇见这种事情，对于我们的女同胞，我往往哀其不幸，陪着主人公洒一把心酸的泪。同时，也怒其不争，希望她们能摆脱依附的观念，从痛苦中猛醒，找回一个女人的自尊。这或许就是我潜意识里取名芳尊的缘由吧！

夕阳无限好

年过半百，人生开始走下坡路。然而，不愿服老的我却萌生了挑战一下自我的念头。一直自以为动脑能力尚可，动手能力差强人意，于是便向自己的弱项挑战，春节前报名参加了"驾考"。没想到从未摸过方向盘的我竟"春风得意马蹄疾"，科目一、二、三、四，都是一次通过，让同考的年轻人羡慕不已。4月5日我顺利拿到了驾照。实践再次证明了那句古语："世上无难事，只怕有心人。"由此，年轻时的自信重回我心中，洋溢在我脸上。

其实，人的潜能是无限的，不要问自己年龄有多大，不必在意白发已爬满双鬓，人生没有最晚的开始。齐白石的许多不朽之作诞生在晚年。钱钟书的夫人杨绛百岁之身依然写作。美国的一个小山村，有个摩西奶奶，76岁学画，80岁在纽约举办了个人画展。之后在世界范围巡展10场，留世1600余幅作品。这些作品穿越了国界，感动的力量从美国蔓延到全世界。我至爱的母亲，90岁高龄依然为32口人的大家庭操劳，她操作智能手机的熟练程度羡煞我的同龄人。

人就是矛盾的统一体。工作忙碌时，对悠闲而宁静的生活充满向往。临近退休，对这热闹和喧嚣却有了些许留恋。然留恋与否，愿不愿意，都会离开的，工作的舞台属于年轻人。因此，我不止一次的规划过退休后的生活。

　　我想行万里路：看小桥流水，参差十万人家；观大江东去，浊浪排空；面朝大海，望碧波万顷。我想读万卷书，找一处鸟语花香的所在，一间小屋、一套桌椅，一壶茶，一支笔，一橱书卷。潜下心来，读我所愿读，写我所愿写。我还想经商，以弥补一生靠铁饭碗，从未凭一己之力挣钱的遗憾。或许就是揽孙儿于怀中，从她牙牙学语开始，做她的启蒙老师。抑或四者兼而有之。

　　无论如何，都会过好退休后的每一天。不敢说"老骥伏枥志在千里"，也没有杨绛和摩西奶奶的神来之笔，我只想活出自己的精彩。或洒脱，或宁静，或浪漫，或深沉，把对生活的挚爱诠释得酣畅淋漓。夕阳无限好，何惧近黄昏！

第七辑　岁月无痕

往事如烟

记忆中，儿时的天空是淡灰色的，没有明媚的色彩，没有绚丽的光芒。

我家房子旁边有一条河，没事的时候，我常坐在河边树荫下，看浮萍聚起来又离散开，看芦苇摇荡，看蜻蜓上下翻飞。默默地看着想着，心里就掠过一丝莫名的惆怅。邻居的婶子大娘夸我文静，不像其他女孩子叽叽喳喳的。她们哪里知道，那是当时的政治环境，给我幼小心灵留下的印痕。我时常自卑地想，自己和别人不一样，至多是可以教育好的子女。

当时农村的生活很艰难，男人都去地里干活，一年的劳动所得只够一家的口粮。平时买油买盐的钱只能靠女人和孩子了。我家虽有妈妈的工资，也是勉强度日。穷人的孩子早当家。我很小就知道干活了。上小学时，正赶上"反潮流"，学校上半天课。下午，我就和邻居的小姑娘一起织渔网。左手拿一个长方形竹片，右手拿梭子。梭子在竹片上绕一圈，系上一个结。两手来回晃动，就像彩蝶飞舞，姿势美丽而敏捷。我的织网技术很娴熟，甚至可以闭着眼睛织。夏季的晚上，我们聚在路灯下织，蚊子飞蛾围着我们转。冬天就在大娘家的炕上织，边织边听大伯讲鬼神的故事。那故事很恐怖，夜里我回家时就急急忙忙一路小跑，好像有鬼魂追赶似的。那时我每天可以挣五角钱，妈妈每个月的工资才38元。

稍大一些，我就去打猪草。经常顶着炎炎烈日，穿行于青纱帐中。累了就找个树荫休息一下，渴了就喝沟里的水。一个阴雨天，我和同伴迷了路，在地里转悠半天才走出来，害得妈妈到处找我。秋末冬初，我们也去拾柴。小草、高粱根、芝麻根、树叶什么的，都成了我们的猎物。直到多年以后回家乡，看到田埂上、小路边植物秸秆一堆一堆的，就忍不住怜惜地多看两眼，心想，小时候怎么就没有呢？

儿时的最爱就是上学了，那时上学没有压力。当时流行的一部电影《决裂》，主人公凭着老茧就上了大学。可能是遗传了爸妈的基因，还可能是大家都不拿学习当回事，我不太看书，在班里学习却是最好的。我初中的数学老师是文革前的师范毕业生，他的课讲得很棒，并经常表扬我。他对我的影响很大，高考时幸亏数学成绩好才没有落榜。学校里没有高低贵贱，没有成分划分，老师们都喜欢我，那里成了我儿时的一块净土。至今每次路过学校，我都报之崇敬的一瞥：学校是最圣洁的地方啊！

往事如烟，很少忆起了。恐怕女儿这一代听到这些，只当是天方夜谭了。她们是幸福的。

我的古筝情结

对古筝的喜爱缘于一幅画。若干年前，我在一个文学论坛上看到过这样的画面：翠竹边，山石上，一个衣袂飘飘的女子在弹奏古筝。她玉指纤纤，姿势优雅而柔美。于是幻想有一天自己也能置身这美景，弹奏一曲《高山流水》或《渔舟唱晚》，让心事随琴音飘散在山水之间。或许由于工作和家务，或许内心深处一直觉得古筝是文人雅士、才子佳人的专利，与普通人相去甚远。所以，许多年过去，这小小的愿望仍未实现。

十多年前，我迷上了朗诵和视频制作。朗诵和制作都需要背景音乐，于是我便在网上搜索各种各样的乐曲。挑来选去，舒缓空灵又富于变化的古筝曲成了我的最爱。我制作的视频片选用的都是古筝曲。我的《白洋情韵》用的背景音乐是《小霓裳》；《寻访白石山》用的是《春江花月夜》。另外，《汉宫秋月》的淳朴古雅，《战台风》的气势磅礴，《渔舟唱晚》的浑厚悠扬，《出水莲》的清丽典雅都让我百听不厌。

喜欢古筝还在于：她作为古老的民族乐器，承载着厚重的历史文化。古往今来，对筝的描述很多。《醒世恒言》中有"俞伯牙摔琴谢知音"的故事，《荆轲刺秦王》中有"高渐离击筑，荆轲和而歌"的句子。以上说的琴、筑，根据《风俗通义》中的记载和《说文解字》中的解释，可能都是筝。我国古代有五位皇帝喜欢筝，魏文帝曹丕还亲自为筝作诗作曲。古筝更是文人墨客抒情明志的工具。刘禹锡擅长"调素琴、阅金经"；陶渊明"乐琴书以消忧"；王维喜欢在月光下竹林里"弹琴复长啸"。这些美妙的故事和诗句让我对古筝的喜爱日益浓烈。

　　女儿高中毕业上大学之前，想学习一种乐器，我向她推荐了古筝，并花几千元买了一架。女儿上大学去了北京，古筝留在了家里。我把她摆放在客厅显眼的位置，用琴罩盖好，生怕灰尘落在上面。在我心中，古筝是神秘而圣洁的，年过半百的我不敢轻易触及。

　　说来也巧，就在我即将办理退休手续的那个月，老干部局筹办的老年大学开始报名，课程表里居然有古筝课。顿时有了"旧时王谢堂前燕，飞入寻常百姓家"的快感，马上报了名。

　　入学后，老师从认识古筝的五根弦入手，从抹、托、勾等最简单的指法开始，一点一点地教我们弹奏，不厌其烦地一个一个指导。经过几个月的刻苦练习，我和我这些不再年轻的同学，已能弹奏简单的乐曲了。自豪骄傲的情愫在我心中氤氲着，温馨而美妙，尽管距弹奏名曲的水平还相差甚远。我和古筝的关系，也从生疏变为熟悉，从敬畏发展到亲密。

　　如今，古筝成了我生活中不可或缺的伙伴。一有空闲，便会坐在古筝前，轻拨慢捻，怡然陶醉。"纤指香凝弦上飞，声声柔情寄琴语。高山流水觅知音，谁伴婵娟曲中醉。"古筝为我的退休生活增添了一抹亮丽的色彩。感谢老师，感谢老干部局的领导和同志们。

记忆深处的红叶

屈指算来，调进人民银行已近二十年，那些过往的事情大多模糊不清了。然而，就像飘飞的红叶，虽然一片片随风而去，但总有那么一片或几片，她们的形状、纹理，甚至飘飞的姿态，会在记忆深处闪现。她们悠悠地飘飞着：有时在清晨，有时在黄昏，有时活跃在亲切的交谈中，有时浸润在寂静的沉思里……

算盘和心情

刚调进人民银行行时，我被分配到发行科从事记账工作。那时还是手工记账，凭的是一支笔，一个本，一把算盘。由于自己毕业后一直从事教学工作，基本没有摸过算盘，本来简简单单的几笔账，到了我这里却变得异常繁复了。我算盘本来就打得慢，加之担心出错，还要用笔或者计算器算一次。如此，别人一笔账用一分钟，我却用五分钟。看着会计科的女同事手指翩飞，掀打传票的情景，我既羡慕又懊悔。她拨打算盘的动作娴熟而轻盈，发出的声音均匀而有节奏，就如纤纤细指弹出的曼妙钢琴曲。而我拨打算盘仿佛慢节奏的击鼓声，咚、咚、咚……慢得让人焦躁不安。我怀疑自己不是干这个的料，想想自己曾经是那么优秀的党校教师，更加懊悔走错了门，入错了行，并萌生了调走的想法。然而调动并非一朝一夕轻而易举的事，我决定在人民银行待一天就要尽力把工作做好一点。于是我让丈夫到文具店买了一把规格差不多的算盘。我上班练，下班练，白天练，晚上也练。为了不影响孩子休息，就在院子里练，时常练到手指发痛才停下。当终于有一天，我的五个手指能上下翻飞发出美妙悦耳的声音时，心情也变得灿烂而明媚了。

硬币与酒

由于人手少，我除了记账外，还要协助同事干一些诸如残币复点、调款、货币搬运等工作。记得那是一个盛夏的上午，上级银行派来一辆大的运钞车，要把我们单位几年中回笼的硬币运走。而那天恰逢老行长调回望都原籍，中午开欢送会。当我们把几十箱硬币清点整理好，装上运钞车时，已是午后两点钟了。相互看了一下，每个人的脸上都淌满汗水。我们锁好库门，匆匆赶到餐厅，宴会已接近尾声。为了表达对老行长的惜别之情，我和几个迟到的同事顾不上吃一口饭菜，每人倒了一小杯酒，大概有半两。几个银行领导已吃过饭准备出门，看到我们风尘仆仆赶来，非常感动，为了表达他们对发行科全体人员加班加点辛勤工作的肯定，也主动倒了一小杯酒，大家碰杯后一饮而尽。不知是饥肠辘辘空腹饮酒的原因，还是劳累所致，一小杯酒喝下，我竟昏昏然，头隐隐作痛，那是我第一次也是平生唯一一次酒醉。据说，那天老行长也醉了。至今想起这件事心里仍然惴惴：他之所以喝醉，或许是因为多饮的那一盏吧？

电脑与写作

在发行股工作了三年后，我调到了办公室，主要从事文字工作。大家知道，办公室最辛苦的工作是文字工作，特别是条条管理的单位，要对上级单位负责，也要对地方政府负责。写汇报、写总结、写请示的概率多了一倍，工作更显繁复。通常一篇文章要经过起草、抄写、打印、校对、印制几个环节。当时单位没有电脑，更没有打印机，要送到较远的营业性文印室打印，打完后还要去校对。脑力、体力劳动兼而有之，这真是"谁解其中味，字字皆辛苦。"当时我想，如果我们办公室有一台电脑，而且我能熟练地操作它，该多好啊！终于有一天，一台崭新的电脑堂而皇之地摆在了办公室。我和几个同事欣喜若狂，围着它看了又看，就像围观一个刚刚满月的可爱宝宝。销售员把电脑安装好后，大家你看看我，我看看你，无从下手。于是担任办公室主任的我到县一中请来专业老师，教我们电脑操作知识。但说起来容易，学起来难。当时的电脑操作系统还是 DOS 系统，且不说要记住那些英文指令，就是小小的键盘关就很难通过，更何况我们已不再年轻。尽管如此，大家的学习积极性还是空前高涨。记得当时两个同事为争电脑差点"同室操戈"，经过一番苦口婆心的解劝，才"化干戈为玉帛。"如今提起这件事，我们都禁不住大笑。

高科技的发展真是日新月异，正当大家为英文指令难学难记以及五笔输入法的字根难记犯愁时，Windows 操作系统以及拼音加加、搜狗等智能输入法相继出现，从而大大加快了我们学电脑的步伐。如今，我们单位 90% 的员工都能熟练操作电脑。电脑数量也从以前的一个单位一台，一个股室一台，发展到几乎人手一台。不仅文字工作的劳动强度大幅降低，而且会计、调查统计等业务股室也早已实现了准确快速的电脑记账。然而，就像有了小汽车，还会怀念坐轿子的感觉一样，在我记忆深处，依然时常响起那五指翩飞奏出的美妙和旋。

烛光摇曳话沧桑

今天是我的生日（农历七月十七），和七夕差了整整十天。仿佛牛郎织女的低语还在耳边萦绕，那缠绵悱恻的情绪浸染着、弥漫着，周围的一切也变得温情浪漫了。我沐浴在初秋的风里，没有了夏季的烦躁和狂热，心是温和的，还掺杂着一丝凉意。在这样的时候，悄然回眸，细数走过的足印，眼眶竟被泪水濡湿了。

儿时的记忆是青涩的。当时父亲正以右派的身份劳动改造，而母亲又因脊椎增生卧床不起。记得有一次，我看到一个女孩牵着她母亲的衣角缓缓走过，心里好生羡慕。谁也想不到，我儿时的愿望竟是牵着母亲的衣襟在街上走走。

初恋是甜蜜而苦涩的。当我披着美丽的长发，俨然一个亭亭玉立的大姑娘时，爱也悄然而至。我以全部的热情去呵护那份纯洁真挚的情感，可她还是离我远去。我彷徨着、痛苦着，用我清纯而苦涩的眼泪，祭奠着那份远逝的恋情。我在人前擦干眼泪，以加倍的努力工作着，我的付出换来的只是一张张盖着鲜红印章的奖状和证书。

母爱是纯洁而伟大的。我最终从初恋的泥潭中挣扎而出，走进了婚姻，并有了一个可爱的女儿。作为母亲的我，心思都投入到女儿身上。什么名利、金钱还有爱情，统统退居二线。我经常静静地看着女儿可爱的脸庞出神，她的一颦一笑都让我动心。如果女儿被蚊虫叮咬了，我会懊恼地想，这蚊子可恶至极，怎么能咬我女儿。我宁愿挨咬的是我自己，也不想让女儿受到丝毫伤害。

　　时光如流水，女儿如雏鹰般学会飞翔了。这时我才意识到自己的存在，可对着镜子看看，皱纹已经悄无声息地爬上了眼角。当然，除此之外，中年的我也收获了一份淡定，一份成熟。我舍弃了不切实际的空想，我活出了自由和洒脱。

　　生命经历了四十多个年轮，已经没有太多的奢求。此刻，我只想在自己的居所里，点两根红烛，听一支名曲，在摇曳的烛光中，挽着爱人的手跳一曲华尔兹。在舒缓柔曼的音乐中，我会闭上眼睛，轻移舞步，久久神游在那童话般的世界。

第八辑　网海畅游

网络生活的三种境界

　　王国维在《人间词话》中有这样的一段描述：古之成大事业、大学问者，罔不经过三种境界。"昨夜西风凋碧树，独上高楼，望尽天涯路。"此第一境界也；"衣带渐宽终不悔，为伊消得人憔悴。"此第二境界也；"众里寻他千百度，蓦然回首，那人正在灯火阑珊处。"此第三境界也。其实，上网也有三种境界：初涉网络的新奇震撼；渐渐深入时的迷失困惑；顿悟后的豁达淡定。

　　初涉网络，如发现了新大陆，感到新奇和震撼。一块银屏，一个键盘，就能与天下朋友交流。没有了年龄性别的差异，没有了空间现实的距离，没有了身份地位的隔膜。纤指轻敲键盘，如清风拂面送来丝丝温暖；如阵阵花香沁人心脾。平平淡淡的日子有了诗情画意的点缀，愁闷苦恼的心绪有了倾诉的场所。此时，你会情不自禁地惊叹于网络的神奇，网络的奥秘。

　　随着上网时间的延续，你会渐渐迷恋上网络，甚至吃饭上网、上班挂网。大凡上网的女士，都有把饭煮煳的历史。真是"衣带渐宽终不悔，为网消的人憔悴。"其乐融融的家庭生活少有了，沁人心脾的墨香久违了。幽深的夜晚，独坐屏前，有的还会陷入网恋。如果你投入了感情，就可能遭受挫折，就会有心痛的感觉。网络让许多男男女女成为朋友，也就演绎出许多情感纠葛。于是失去的心痛，得到的头疼。面对鲜活的电脑屏幕，我们陷入迷惘。网络让人们看到了色彩斑斓的世界，也让人们失去了许多宝贵的东西。可是面对网络，面对网络的诱惑，又欲罢不能。

在虚拟的网络驻留久了，经历了网络生活的风风雨雨，有过甜蜜有过心痛，突然有那么一天，你会灵犀一点：网络原来只是现实世界的复制，网络只是一种交流工具，网络中人不是三头六臂，他们和周围的人一样，有血有肉，有善有恶。此时，网络神秘的面纱在你跟前飘然而落，你顿然大悟，原来如此！而后，你不一定舍网而去，但是迷恋程度会大为缩减。你会把网络当作现实生活的一种调味品，而不是主食。从而理智淡定地对待网络：明辨是非，知道取舍，宽容别人，厚爱自己，善待生命，以一种美丽的心情在网络空间自由驰骋。于是，你领略到"蓦然回首，那人正在灯火阑珊处"的奇瑰意境，感受到了网络生活的美妙情趣。

怀念墨茗

　　墨茗先生去了。就在他辞世的前两天，我遇见他并邀他参加晚会，就是最近举办的《网名探幽》千百度原创作品晚会。那会儿他在好友宏军家上网。过了大概半小时，他发消息说已经回家，并向我要晚会文章的网址。又过了两分钟，他高兴地说："呵呵，写海韵的，好，我读。"我知道，海韵女士是他认识很久的朋友。短短地交流，我感到了他对友情的珍视。

　　两天后的晚上传来消息：墨茗突发心脏病不幸谢世。我不敢相信这是真的，一个鲜活的生命，一个众多网友喜欢的朗诵艺术家，一个两天前还谈笑风生的朋友，怎么说走就走了？当我匆匆赶到网络文学经典房间时，好多人聚集在那里，诵读着自己赶写的悼念文章，表达对墨茗先生沉痛的哀思。这时我才意识到，墨茗真的走了。

　　初识墨茗，是在和海韵女士的聊天中。当时我的原创作品晚会召开在即，海韵姐姐想请几个有名的朗诵艺术家参加晚会，其中就提到了墨茗。墨茗，该是水墨和香茗的缩写了，很雅的名字，使我联想到古代诗人品茗赋诗的情景。于是"墨茗"就这样进入我的视野。

第一次见到墨茗，是在晚会召开时。只见他清瘦的脸庞，长发及肩，颇有艺术家的特质。那天他读的是我的《梅花香自苦寒来》。他的诵读近乎完美，声音浑厚而有磁性，情感表达恰到好处，音乐随文章的内容跌宕起伏，时而舒缓时而快捷。听他的朗诵就像徜徉夏日的绿荫中，给人一种自然舒畅的感觉。这不仅需要深厚的朗诵功底，更要有多方面的艺术修养和高超的鉴赏力。同时我也感觉墨茗是个很严谨的人，晚会前是做了充分准备的。我特别喜欢他的配乐，就问他配乐的名字。他说是自己合成的，并耐心告诉我都用了什么曲子。遗憾的是我当时没有把他的配乐要来。

那次之后，他又应邀参加了我策划撰稿的两场晚会，并与他有简短的交流。在晚会现场，他总是首先发来问候的消息，热情而礼貌，并称赞我的主持词写得好。我不知道他的职业、年龄和籍贯，曾随口问他，你是搞艺术的吧？他幽默地说："是的！头发长，是吧？我是头发长见识短呀。"我笑道："能把文章读得这么好的人，见识肯定很长了。"我们都露出了微笑的表情。墨茗去世后，我才知道，他的真名叫段果，55岁，是一个优秀的电影编剧和导演，有许多作品流传于世。

墨茗走了，新浪 UC 的广大网友因失去一个才华横溢的朋友而痛惜。虽然我与他交流不多，但他的博学、幽默、热情，尤其是他炉火纯青的朗诵让我久久难以忘怀。回想我们短暂交往时他的一言一行，聆听着他播客上一首首精彩的录音和制作，感受着众多朋友对他的追思和赞美，对墨茗的怀念之情油然而生。我们再也不能见到蓄着长发，飘逸洒脱的墨茗了，但他留下的声音作品会成为宝贵的财富，让后来者欣赏借鉴。他为电影艺术和朗诵艺术做出的贡献，将永远铭记在朋友们的心中。安息吧，墨茗君！

博客怀想

打开网页，总习惯去好友清的博客浏览一下。而今让我惊讶的是，往日墨香飘逸，色彩绚丽的博客，已空空如也。没有一篇文章，没有一幅图片，甚至连博客主页的图标都复归原始。刹那间，仿佛一件心爱的珍品顷刻化为乌有，心中升腾起深深的惋惜之情。

踏入博客领地，源于清的指引。记得五月的一天，清带我去他的博客。我仿佛走进了鲜花盛开的芳草地，扑鼻的清香迎面而来。尽管以前看过他的作品，我依然被那格调高雅、气韵生动的图文吸引了。羡慕之余，萌生了申请一个博客的想法。于是清耐心告诉我博客注册的地址和使用方法。从那以后，茫茫网园多了一株稚嫩的小草——芳尊的博客。我把自己或伤感，或愉悦，或平淡的心情诉诸笔端，写在博客上，与朋友交流，也时常去清的博客看看，发表一点不成熟但绝对善意中肯的评论。如此，感觉网络生活充实了许多，故一直对清存有一份感激。

虽然网络上的博客铺天盖地，但我浏览得不多。那些专业作家的，离我们较远，不太喜欢看。而陌生人的，由于缺乏一份默契和了解，又看之无味。所以，我博客上只链接了三位朋友的博客。其中两位更喜欢经营论坛，我多在论坛和他们交流。如此，清的博客成了我涉足最多的地方。清的文章构思严谨，文字清丽。从那娴熟的文字运用看，你绝对猜不出他是学工科的。加之审美水平高，发表的帖子图文并茂，所以他的博客深受朋友们喜爱。

清的文字或婉约如梦，或直抒胸臆。但都是字字珠玑，篇篇锦绣。闲览他的作品，如畅饮一杯清露，灵魂也随着文字飞扬起来。感受着他的一缕思绪，一袭柔情，我常常产生一种写作的冲动。在他那里，也留下了我一些拙劣的笔墨。

而今，清的博客成了一张洁白的纸，心里有许多不舍。不知道是什么原因，也不好去追问。我只是在想，或许任何一个事物，有开始就有结束，正应了《红楼梦》上的一句话：十里搭长棚，没有不散的宴席。只是这结束来得太快了，这样想着，心里未免有了些许伤感。

一朵网络奇葩香消玉殒了，然而，她曾经的美丽和芳香会永留记忆中。谨以此文记录她曾经的绚丽，并记下我与她主人之间纯洁真挚的友情。

聊如清茶淡淡香

刚上网时就认识了清，那时我还不知道有语音房间，只在 263 的诗联大会玩对联，有时也和诗友聊一聊诗词创作、家长里短。清是一个绝顶聪明的人，他幽默风趣且思维敏捷，知识广博又文采飞扬。与他聊天时，我的思维会随着他的引导活跃起来，词语便如珠玉般一个个从脑海蹦出，正所谓：大珠小珠落玉盘。我曾把聊天记录给朋友看。她说，你们的对话就像一首诗，那么默契，那么美好。

渐渐地，我把与清聊天看成了生活中的美味佳肴。很长时间里，我不知道他的年龄、性别、相貌和职业，但这并不妨碍我们成为网络上的好朋友。清很调皮，他有时换个名字晕我，有时又几天不见。当我正为他的消失而怅然时，他又突然冒出来。那时我甚至疑心清不懂得珍惜友情。后来，我被朋友带着去了语音房间。酷爱朗诵的我，一下子喜欢上了那里。我很快融入其中：学朗诵，办晚会，写文章，忙得不亦乐乎。与清的交流少了，但也会隔三岔五地聊聊，互相问候一下。

最近几个月，我与清的交流又日渐多了起来，他照样喜欢玩笑，但仿佛性格改变了许多。它不再把自己包裹得严严实实，偶尔也会流露一些自己的生活经历。我从中了解到，看似开朗豪爽的清，却承担着太多的生活压力。毕业于名牌大学又才华横溢的他，本该有一份属于他的更理想的工作。或许机遇没有垂青于他，或许老天不公，他并没有得到应有的报偿。但清没有怨天尤人，也没有一蹶不振。从他的文字中看不出颓唐的情绪，字里行间流淌着对生活的热爱，对亲情友情的珍惜，以及面对挫折的信心和勇气。他笑对生活，感恩社会，感恩朋友。

最近我看到了雅虎上他的博客，里面保存了他近期的大量诗作。那清新流畅又充满灵气的一首首小诗，如朵朵春花散发着醉人的芳香。我情不自禁地吟诵了几句，他大加赞赏，并立刻在土豆网申请了一个播客（专门传送音频和视频文件）。声称要办一个声、文、图俱佳的播客。我录制了一些诗作给他，他紧锣密鼓地传了上去，还郑重其事地写了文章，为播客的开张做宣传。

看着他新注册的播客，我感觉到了他内心的快乐。他对生活的热爱，对美的执着追求让我感动。当然，我更喜欢和他聊天，那是一种温馨恬淡的感觉，如聆听悠扬的马蹄琴，又似品尝淡淡的香茗。记得他用过的一个网名是：聊如清茶淡淡香。清君不愧此名也。

屏前絮语

题记：大千世界茫茫网海，真是无奇不有。我朋友在网上巧遇青梅竹马的小伙伴，两人隔空诗文唱和，重续前缘，演绎了一段千古佳话。笔者听闻，深感奇妙。心血来潮，以第一人称手法写了下面一段文字——

今天在超市见到阿慧了，你还记得她吗？就是咱班那个叽叽喳喳、能歌善舞的小姑娘。小时候咱仨经常在一起，同学们都说你俩是我的跟屁虫。我跟阿慧说遇见你了，她眼睛一下睁了老大："失踪三十年，从哪儿冒出来了？"我说："在网上、在 UC 的朗诵房间，都一年了。"她说，这怎么可能？我跟她说了咱们巧遇并相认的经过。她笑得岔了气，眼泪都出来了。她让我写信给你，并代她问好。哎，都什么年代了，还写信！我还是和你连上语音，絮叨几句吧！

阿慧说你 42 岁了，比她大一岁。有那么大吗？可不，想想自己也过不惑之年了。但在我眼睛里，你还是小时候的样子。调皮、聪明、幽默，时常来点恶作剧。童心未泯的你总能爆出笑料，让我忍俊不禁。

一年来，我保留着你 PS 的图片，大概有几百张了。这些代表你高雅审美情趣的图片很有个性，要么色彩明丽，要么典雅生动，要么风趣幽默。闲暇的时候，我就一张张翻看它们。每一张都是一个故事、一首诗、一片情。等我们老了，你叶落归根也该回来了。到了那时，这些图片就是我们回忆往事的索引。那时，夕阳映照着我们银色的头发，长长的紫藤在微风中摆动。你我坐在公园的竹椅上，一边翻看，一边回忆，一边开心地笑着。晚辈们三五成群在我们身边走过。他们肯定会说：瞧啊，这两位老人，多幸福！

你把我们的诗文都做成了电子书籍，这样找起来容易多了。可是，我还保存着你发来的原始稿件，密密麻麻的，也有几百篇了。我是你作品的第一个读者，也是你文字的校对员。每次我都认真地看，甚至不错过一个标点。你喜欢听我的修改建议，即使说得不对你也欣然接受。品味着你文字的芬芳，我的灵感往往会迸溅而出。还记得《太阳和月亮的恋曲》以及《柏拉图的恋歌》吗？若干年后，这些成行的文字，会引起我们多少美好的回忆啊。那时，我们相互搀扶着，在松林里，在大海边，高声对诵。路人会以为我们是两个疯子。那也无所谓，我们就学苏先生"老夫聊发少年狂，左牵黄，右擎苍"，无拘无束地疯一回。

老眼昏花的时候，我们还能玩电脑吗？我想，即使我看不清了也会记得：我的播客有多漂亮，那是你精心装修的呀！你的眼睛好，老了或许还能看清。你就把我们年轻时的录音一个个点开给我听。我会说："这声音真好听，浑厚而有磁性，是你吗？哦，这女声更好听，是我吗？怎么像播音员。"你肯定会傻笑着看我，然后说："我说怎么现在看不到牛了，都吹跑了。"你别忘了把我们的录音传上去，尤其是那对诵，千万要保存好，留给子孙们。让他们知道，我们这些耄耋老人也有自己美好浪漫的时光。

你喜欢结交朋友，你为多少朋友写过生日贺词，你为多少朋友写过条幅，教过多少朋友使用电脑软件，还为多少朋友修改过文稿，我已经记不清了。我知道，你很珍视友情。到我们老了，朋友们也差不多都退休颐养天年了，咱就把他们都叫来，大家聚一聚。什么云方、紫英、雨木、小罗、大卡、如月、婉儿、阿玲等，对，还要叫上你的阿慧妹妹，老的少的，男的女的，都叫来，让你好好高兴高兴！不过，你千万记住，你那笑话少说两句，别像现在一句接一句的，都是七老八十的人了，万一哪个笑岔气，在宴席上笑着走了，他（她）的儿孙找来，咱可吃罪不起。还有，你喜欢喝酒，但切不可贪杯。李白斗酒诗百篇，你是酒后吐真言。你酒后不小心把你的那些小秘密都说出来，那些老朋友非笑掉牙不可。老了老了还留个笑柄，多不好！

　　新的一年开始了，想给你写首诗，可我最近没有吃酸菜，酸不出来，就在屏前絮絮叨叨地说了这些，你能听到吗？常言说，人生得一知己足矣，我在茫茫网海与你重逢已经满足了。明天是元宵节，明晚的烟花一定很好看，但我更喜欢小时候村外的月色，喜欢那种恬淡幽静的气氛。你还记得吗？有一次我和阿慧在月光下跳舞，只有你一个观众，那才叫个静呀！我们跳的是自编的芭蕾舞。我们跳跃着，旋转着，腰间的花布裙子飞起来，就像两只飞舞的花蝴蝶，你拍着手为我们伴舞。那情景至今历历在目。

　　据说今年元宵节的月亮是半个世纪以来最圆最大的，我们还是去看月吧！虽然相隔千里，咱们顶的也是同一轮月亮，不是吗？"海上生明月，天涯共此时。情人怨遥夜，竟夕起相思。"你可千万别想我，免得长夜难眠，哈哈……

附　诗情画意

红豆（组诗）

（一）红豆

深秋里，
南国还有残留的红豆。
我想，
你定会采了来，
送我。

我准备了，
绣着紫丁香的手帕。
我要用她，
包上你送来的红豆，
和那颗思念的心，
都珍藏在我的灵魂里。

我与你种植的菊花，

已经开了。

花瓣上写满了，

我的心语。

等你回来，

我会把最美的一枝，

送你，

让那芳香浸入你的梦里。

（二）晨露

夜幕里，

我憩息于你宽大的叶脉，

静静聆听，

你颤动的心音。

晨昏中，

我蜷缩成晶莹的一滴，

默默感悟，

你梦中的呓语。

阳光下，

我化为一丝青烟，

悄悄潜入，

你沁人的芬芳里。

如果，

你心亦如我，

就让我成为你经脉中的一缕。

不再分离，

不再孤单，

徜徉于幽静的林间，

依偎着，

与你相伴。

（三）短笛

因为怕失去，

才过早地逃离。

因为怕分别，

才回避那倾心的相遇。

爱的种子，

已悄然渗入心底，

怎忍看她茂盛为不结果的花儿，

随之零落成泥。

天空飘着细雨，

远处传来悠扬的短笛，

我轻轻地走了，

噙着伤感的泪滴。

收起那一粒种子，

尘封在美好的记忆里。

我还会想起你，

在每一个飘雨的日子……

（四）思念

离别了才觉得，

相聚的时光是那般美好。

夜也不再清冷，

连蝉儿的鸣声也柔美如歌。

你的笑容你的气息，

都是温暖我灵魂的诗。

我在佛前祈祷，

让你回到我身旁。

即使跋涉千山万水，

也要把你寻找。

你知道吗？

那悠扬着的，

不是钟鸣，

而是我呼唤你的声音。

那潺潺的溪流，

就是我思念你的泪水。

（五）礼物

整个白天，

我都在想，

我该送你件什么礼物？
鲜花，美酒？
这些你早已拥有。

夜晚，我终于明白，
你所需要的，
是一种弥足珍贵的东西。
抑或是流淌于心底的小溪，
水声潺潺，
似微笑，又似拥抱，
还带着青草和泥土的芳香。
抑或是用心书写的小诗，
空灵优雅。
寂寞时，
谱成一曲欢快的歌；
忧伤时，
化作一盏温馨的茶。

于是，
我寻觅记忆中所有珠圆玉润的词汇，
用整整一个夜晚，
不，是用整整一生，
将她们串成诗，汇成溪。
只为在每个月圆的日子，
送给你！

爱之物语（组诗）

（一）向日葵私语

仰望你，
在无数个白天。
默想你，
在许多个夜晚。

心底珍藏的是关于你的记忆，
脸上洋溢的是甜蜜的往昔。
风吹过树梢，
我能感觉出你心的悸动。
雪飘落溪畔，
我听到了你感伤的叹息。
你的一切快乐和忧伤，

都让我流泪。

很想在某个黄昏，
将自己揉碎、溶解，
化作一团温柔，
并以光的速度走进你，
抹去你郁结于心的忧愁。
抑或化为一片白云，
围绕在你身旁，
承接你温暖的呵护。

幽谷里白百合散发着清香，
夜风送来杜鹃的啼鸣。
我终于明白，
你痴恋的，
是那柔媚的月亮。
而我只是你普照着的，
一棵极普通的小草。

（二）萍的忧伤

在我们手牵手畅游于湖面时，
看到周围的萍分分合合，
聚聚散散。
于是我开始恐惧：
恐惧浪，恐惧风，
甚至害怕轮船和小舟。

其实，我所担心的只是，
有那么一天你我也会永久的别离。

风过处你握紧我的手，
浪打来你拥我入怀里。
当一起度过了许多个白天
和夜晚之后，
我天真地以为：
你我不会再别离！

而今你还是飘然而去，
如一朵云隐没于浩渺的天空里。
长河寂寂，芳草萋萋，
四顾茫然，泪雨如织……
有些忧伤可以忘记，
有些别离还能重聚。
可我们呢？

我只能将所有的回忆
都凝成一首诗，
写在天空，写在湖面，
写在每一个你可能走过的角落里，
并一遍遍吟唱李翊君的《萍聚》。

（三）莲的告白

宁静的月光下，

你的话语如诗，
滋润了我的心，
脸颊飞起羞涩的红晕。

柔和的夜风中，
你的关爱如酒，
迷醉了我的魂，
芳心绽放沁人的香醇。

你殷殷的爱语，
化作点点雨丝，
丝丝清凉，
滋润我干渴的唇。

你切切的思念，
就是夏夜的湖水，
圈圈涟漪，
温暖我娇弱的身。

藕丝绵长，
那是你我姻缘的牵线。
莲心含苦，
那是我思念的泪水酿成。

我是一朵清莲，
要为你绽放最美的红颜。

我是一个娇美人，

要为你舞出最美的芭蕾。

（四）枫的情愫

静静聆听着，

枫叶的心语，

似有阵阵秋风袭来，

清冷、婉约、悲凄。

别离的无奈，

往日的相依，

一同涌上，

珠泪润湿了心底。

相思写入经脉，

珠泪化为秋笛，

舞起红色的衣裙，

把一瞥绝美留在你心里。

冥想来世的春天，

你我在泉边相遇。

那挂满枝头的，

定是我灿烂的笑靥。

（五）水仙的期待

家里养了几簇水仙，早晨起来见那花开了。凝视着这生
长在小小紫钵的水仙，突发感想，吟成小诗。

几簇水仙，
摇曳在浅浅的紫钵里。
如此贫瘠的淡水，
竟能茂盛出爱的花絮。

婀娜的体态，
如传说中的西子。
薄如蝉翼的花瓣，
该是浣纱时缝制的嫁衣。

我问你，
为何开放在这里？
江河湖海，
处处有你栖息的土地。

你微微一笑，
含羞不语。
一片红晕飞上脸颊，
娇柔而美丽。

霞光穿透窗棂，
洒向了你。
迎春花悄然而至，
送来了春的气息。

恍惚中一翩翩少年，

掬一捧清水走向你。
虔诚地低语，
柔柔地抚平你翠绿的裙衣。

你笑了，
那浅浅的笑靥透出谜底：
就是这份浓浓的爱恋，
足以让你等待一春一季。

你走了
——悼卢振川同志

　　题记：我与卢老长子相识多年，对卢老生平事迹略知一二。近又读李继隆同志的纪念文章，颇为感动，故赋诗以颂之。

一个报界泰斗，
一位政坛精英，
一名八路军小战士，
一位慈祥的老人，
于 2014 年的一个冬日，
悄然离世——

滦河水静静流淌，
大城山默然耸立，
渤海万顷波涛陡然汹涌，

丰南千亩芦花怆然飘落。

你走了，坦然地走着，
悠悠滦河映照着你一生的清廉。
你没有留下家财万贯，
只留下几封家书训诫子孙后代。
一个副部级干部，
六十平米的住宅，
让多少贪官汗颜。

你走了，自豪地走着，
浩浩渤海见证了你的博学。
你没有留下鸿篇巨著，
千百次为作者修改文稿的身姿，
却投影在夜幕下的窗帘。
你没有进过大学的门槛，
采写的长篇通信竟得到了伟人的称赞！

你走了，
永不停息地走着，
千亩芦花描述着你的勤勉，
你走在易水边，走在长城口，
走遍燕赵大地，
河北方志上留下了你汗水点点。

你走了，

匆忙地走着，
地震纪念墙印证了你的无私。
你的两个女儿就那样走了，
走时你不在她们身边，
你用笔用心用双手用热血，
救活了无数生命，
却没能将女儿救援。
时隔三十八年，
你也走了，
你在寻找，在呼唤，
你要弥补一个父亲对女儿的亏欠。

你走了，
昂着头大踏步地走着，
巍巍大城山彰显着你的伟岸。
你没有立下丰功伟绩，
却用一个共产党员的智慧，
披荆斩棘，
铸就了一个个不平凡。
一部回忆录，
记述了你一生的坎坷荣耀得失成败。

你走了，
真的走了，
家乡的山，家乡的水，
家乡的父老，

永远怀念你！

你走了，

真的走了，

人民会记住你的名字——卢振川！

注：卢振川（1930—2014），1945年9月参加八路军，曾担任《唐山农民报》总编；中共唐山地委宣传部副部长；河北省委宣传部副部长；《红旗》杂志社秘书长、副总编，河北省方志办主任。

圣洁的依恋
——寻觅柏拉图

我穿过嶙峋的松柏，

走过葳蕤的花丛，

循着远古的钟声，

踏上雅典静谧的石板路。

你袭一身白衣，

徜徉在理想国的宫殿。

蓝天澄澈，稻谷飘香，

百鸟鸣叫，玫瑰初绽。

荷马史诗濡染了你的灵秀，

雅典娜女神赋予了你智慧，

卫城的风雨练就了你博大的胸襟，

苏格拉底引领了你哲人的思维。

你深邃的眼睛溢满圣洁，
你坚毅的嘴唇袒露着虔诚，
我悄然走近你，
带着风尘仆仆的倦容。
我穿越了亘古的隧道，
只想与你执手。
我走过了时空的长廊，
只待与你相依。
你是我胸中流淌的一首歌，
酣睡中的一个梦，
字里行间的一阕词，
灵魂深处的一缕风。

千年的期盼，
却只有这无语的凝望。
千年的等待，
却只有这心与心的碰撞。
我想转身离去，
沉重的步履却重如山峦。
我想把你忘记，
却误吃了雅典娜爱的灵丹。
这虔诚的守候，
永恒在碧水青山。
这圣洁的依恋，
化作了生生不息的爱琴海。
荆棘鸟的血痕已淡然，

罂粟花开得正灿烂。
痴迷的我还要伴你，
穿越另一个千年。

很想走近你

很想走近你，
听你胸中沸腾的热血，
悟你眼中流淌的泪滴；
很想走近你，
为你抚平岁月留下的伤痕，
替你驱散红尘播洒的寂寞。
你用洁白的幔帐，
包裹起受伤的心，
只把快乐与我分享；
你用美妙的诗篇，
装点起灿烂的笑颜，
只把幸福与我分担。
微微清风传送着你的温情，
悠悠白云承载着你的关爱。

红烛遥遥，

舞姿曼妙，

沉浸在爱河里，

我竟感觉不出你的忧伤。

直到有一天，

那洁白的幔帐陡然滑落，

我看到了你布满伤痕的心。

我泪流如泉，

我心碎如砂，

捧上你炽热的心，

放在我胸前，

让两颗心在交融中升华。

不必说生死相许，

何须谈海枯石烂！

牵一朵白云作帆，

撷两枝玫瑰作桨，

我与你牵手去世外的桃源。

看银色的小河，

听啁啾的百鸟，

逍遥于离群索居的宁静，

陶醉于超然物外的和谐，

一直到百年千年。

千古睡美人
——读《心系楼兰》漫笔

你披一身霞光，
舞在丝绸之路上。
胸前飘着彩饰，
发髻别着羽翎，
轻盈如一只紫燕，
美丽似一朵丁香。
目送着那些追梦的人，
走过狭长的廊道。

你伫立在路旁，
遥望他归来的方向。
等啊等，
等过日出等来月朗。

驼铃声渐近又渐远，
胡杨树慢慢成长。
在盼望失望的交替中，
憔悴了思念的心房。
一个月冷星稀的夜晚，
你无力地闭上了双眸。

罗布泊的碧水缓缓流淌，
大漠孤烟涂抹着一缕苍凉。
他回来了，
千呼万唤动人心肠。
无奈的泪水饱含着彻骨的哀伤，
滴落在你苍白的脸颊上。
鲜花作被，
珠玉为床，
连同他深深的吻，
都倾注在你身上。
啊，你的面容红润了！
一如生前的模样。
你睡在了甜美的故乡，
温馨而舒畅。
一个千古睡美人，
就这样诞生在楼兰的洞房。

苦涩的思恋（组诗）

（一）苦涩的思恋

我笑着，
心里却藏一怀凄然。
如含苞的莲儿，
胚芽中有苦涩淡淡。

花园中，
有百花娇媚。
静夜里，
有月儿缠绵。

听任那，
爱的泪水将心打湿。

只怕这，
真挚的感情如昙花一现。

渴盼从你清澈的眸中，
读出永恒的思恋。
即使苦涩的心芽，
也会曼妙为馨花灿烂。

无奈于，
这朦胧虚幻的情感。
只蜷缩在梦中，
编织凄婉酸楚的诗篇。

你憨笑着走来，
一脸的诚挚和坦然。
我悄声问你，
那昙花可否铸成水晶花环？

（二）我累了

我累了，
那是追赶的疲倦，
那是跋涉的疼痛，
那是仰视的酸楚。

我停下来，
让泉水洗去旅途的尘灰，

让清风吹散心中的阴霾，
让花香疗治长久的孤独。

目送你疾驰的背影，
强迫自己转过头，
擦去脸颊的清泪，
想象着你多情的回眸。

用我柔韧的发丝，
将一份祝福，
扎成馨香的花束，
放在你走过的路口。

蓝蓝的天空，
有一只美丽的风筝。
丝线已经断开，
恰如展翅的鲲鹏。

遥望浩渺的苍穹，
霓虹边还有一只风筝。
他们比翼齐飞，
消失在我视野的尽头。

（三）伤别离

静夜里我时常想：
假如有一天你我再不能相见，

你会不会忆起我们携手走过的路程，

还有路旁盛放的红豆树？

你是否会走进我居住过的小屋，

一页页翻看着，

那浸着我泪水和体香的诗集，

并清晰地忆起诗里隐藏的故事？

你一定会的！

想象着独坐在我闺房中的你，

是一种什么样的心情呢？

回忆的甜蜜，

还是离别的酸楚？

物是人非，

万籁俱寂，

唯有风吹落叶的沙沙，

和着你无奈的叹息。

那是多么孤寂落寞的一幕啊！

我岂能让这悲凉的情景变为真实？

切莫痴痴地妄想，

只将缠绵的思绪凝成几行诗，

镌刻在澄静的心底，

从此握紧你的手永不言别离。

一个永远载入史册的名字

二〇一七年四月一日，
祖国的上空回响着
一个永远载入史册的名字——雄安新区！
从这天起，
歌声、笑声、欢呼声溢满燕赵大地；
从这天起，
悠悠的白洋淀水
诉说着一个时代的传奇。
从这天起，
雾霾消散、浊水变清、
绿树成荫、春风和煦。
从这天起，
在劳动的号子和机械的轰鸣中，
一座世界级的城市，

将在我们的视野里巍然崛起。
千年大计，国家大事。
这掷地有声的言语化为一幅壮美的蓝图，
正在燕南赵北的雄安徐徐铺展 ......

我听到了，
听到了绿荫中黄莺的吟唱，
碧水中鱼群的游荡，
我看到了，
看到了蓝天上朵朵白云，
楼群中片片新绿。
我感到了，
感到了花朵的呢喃，
森林的畅想。

啊，雄安，
我给想象插上翅膀，
也无法形容你的美丽；
我借助马良的神笔，
竟不能描摹你的雍容。
有了你，
莘莘学子不再惆怅。
有了你，
首都北京摆脱拥挤。

我庆幸，

我出生在这片土地。

我骄傲，

我是你建设大军中的一员。

我要把汗水和热血都献给你，

哪怕化作一颗铆钉、一粒石子、

一抹浅绿。

请接受我的一片赤诚吧！

我的祖国，

我的家乡，

我深爱着的雄安新区！

你的微笑（组诗）

（一）你的微笑

你微笑着，
翘起的嘴角，
袒露着心中的甜蜜。
那是丁香树下的相遇，
留在脸上的痕迹。

你柔和的眼眸，
是心底的泉，
涌动着喜悦和纯净。
那是相知的感动，
刻在眉宇间的诗。

悄然回眸，
将一脸霞光，
投射在我的心幕。
刹那间，
激起了一腔的涟漪。

在袅袅的茶香中，
我品读你的微笑，
如听一支小夜曲，
缠绵了心境，
婉约了画笔。

调一怀柔绪为墨，
掬一片真情为笔，
捡一个有月的夜晚，
将你灿然的微笑，
镌刻在我心底。

（二）遇到了你

借着柔柔的月光，
我翻看着自己的诗集。
惊诧每一篇的字里行间，
都隐含着一个你。

记得那是个明朗的夏日，
你似一朵白云飘忽而至。

亲切的眼神，

含蓄的微笑，

睿智的谈吐，

还有魁梧的身姿。

分明就是前世挽着我的手臂，

走过那段泥泞的你。

从相逢的那一刻起，

心湖漾起甜蜜的涟漪，

月色不再清冷，

蝉鸣不再幽怨。

松林唱起动听的歌，

风儿奏响欢快的曲，

嫩笔描出七彩的画，

素心酿就多情的诗。

而这美好的一切，

皆是因为遇到了你。

（三）温馨的梦

如水的月光里，

走着年轻的你和我。

潺潺的溪水，

弯弯的小路，

紫色的蔷薇，

稀疏的篱笆，

还有你挺拔的身影，

眸子里温和的光。

睁开惺忪的睡眼，
方知是一个梦。
窗外星光点点，
胸中漫溢着柔情。
我企盼我湿热的泪水，
重新拉你到梦中。
在梦的深处，
定会有含露的玫瑰。
在薰香的风中，
请你，请你带我，
走向那
大片的浅紫、纯白和柔红。

初恋（组诗）

（一）初恋

在那个中秋的午后，
你我站在溪畔的垂柳下，
羞怯地微笑着，
无语，只有秋虫在风中
诉说着离愁。

你走了，
背影渐渐模糊。
斜阳下婀娜的柳丝
如淡雅的水墨画，
永久定格在我的心中。

这就是初恋吗？

没有海誓山盟的诺言，

没有深情的拥抱，

甚至不曾牵一下你的手。

可为什么，

二十年后的今天想起时，

依然温馨如茶？

（二）重逢

我们就这样重逢了，

在那个温暖的午后，

在那个美丽的海滨浴场。

你我静静地坐在礁石上，

说着一些与己无关的话语。

当我看你时，

你的眼睛也正好转向我。

那笑容，那表情，

一如许多年前的模样。

你该记得年轻时，

我们的目光曾有过无数次这样的相遇！

匆匆地你又走了，

别离时方知有很多话没出口。

你微笑着看我，

悠悠地说：

人生有许多无奈，

也有许多美好的期待。

我茫然地点头，

竟忘了与你握手言别，

只用温和的目光，

送你渐渐远去。

松软的沙滩上，

只留下你长长的足迹。

（三）中秋赴约

你和我约定，

月圆时到山谷听泉。

而今我伫立你必经的路口细听，

小径上可有熟悉的足音闪现？

仿佛在梦中，

你我曾相依东篱后，

松影中品茗吟诗，

那笑声温馨了我整整一个初秋。

柿子树上结满了果实，

红红的如少女娇羞的脸。

伸手采下一个，

品味它由涩变甜。

微风拂过林海犹如恋人的呢喃，

期盼的心似月光静谧安然。
只因相约时你执着的眼神，
我等你即使月落西山。

王子与公主的传奇（组诗）
——写给我可爱的女儿

（一）王子与公主的传奇

一株含苞的牡丹，

生长于百花丛中，

优雅、娴静。

不管蝶舞蜂忙，

任凭雨雪风霜，

她始终微笑着，

徜徉于纯净的童话世界。

如一个高傲的公主，

尊贵纯洁，心无旁骛；

又似一条美人鱼，

自由、快乐、无忧……

你从遥远的敦煌走来，

越过高耸的祁连山脉，

穿过狭长的河西走廊。

魁梧的身躯中跳动着火热的心，

质朴的胸腔里包含着一片赤诚。

杨柳依依岂能纠缠你执着的脚步，

百花娇媚难以迷乱你睿智的目光。

你是淘金者的后裔，

你以淘金者特有的专注，

循着那芳香的气息，

慢慢地走向她，

走向那株含苞的牡丹，

走进那金子般的心灵……

彩云朵朵，琴瑟缭绕，

春风习习，泉水歌唱，

凤求凰兮，见之不忘！

两颗温柔的心，

一份洁白的恋情。

王子与公主的传奇，

在古老的皇城里延续……

（二）星星的爱情

如果你是太阳，

我绝不做月亮。

我不想借助你的光芒，
炫耀我皎洁的面庞。
更不能以牺牲你的代价，
换取我的妩媚和妖娆。
我要做和你一样的太阳，
彼此温暖，
彼此照亮，
在相互给予中，
化为展翅高飞的凤与凰。

如果你是月亮，
我就做你身边的一个月亮。
不再依赖太阳的照耀，
双双寻找无私的天光。
走进沉沉的夜幕，
穿过厚厚的云裳。
我与你历尽艰辛，
只是想摆脱依附的境况。

你不是太阳，
我也不是月亮。
我们只是两颗星星，
相遇在夏荷绽放的池塘。
一起沐浴风雨，
一起领略秋霜，
一起经历冬雪，

一起采摘春的芬芳。

银河是我们的家园，
彩虹是我们的桥梁。
嫦娥舞动着广袖，
桂花飘逸着幽香。
悠悠南山植新茶，
郁郁东篱闻菊香。
你秋波频传，
我爱语轻柔。
平平凡凡的日子，
似一盏香茗沁着淡淡芬芳。
这就是星星的爱情，
恬淡的气息让日月向往。

（三）感悟绿光

题记：赏阅女儿图作《绿光》，甚感欣慰。故提笔写下几句，与女儿共勉。

（女儿题图：这是我综合练习的草图，虽然看上去有些幼稚，但表达了我心中对于自然的感悟和感动，取名绿光。）

捧一片绿叶在手，
心在蓝天飞翔。

站在云朵之上，
你俯瞰那片梦幻般的森林——
呢喃的风，
悠闲的火烈鸟，
仿佛还有花头巾和遮阳帘，
松涛和鱼儿弹奏着和旋。

你将这无边无际的绿意，
都浓缩在方寸之间。
没有梵高的绝技，
也没有齐白石的画功。
你却用稚嫩的笔，
带给我无限的遐思和美感。

我笑了，
沐浴着柔和的绿光，
一只揽月摘星的小鹰，
正快乐地翱翔！